あふれたハートの泣き声は
空まわってるかもね
それでも……
かに届け——
JN211866
告白予行練習
ハートの主張
原案／HoneyWorks
著／香坂茉里　イラスト／ヤマコ

中学に入ってすぐに
みんなに合わせて、
一緒になって
加恋の悪口を言った
っ……！
自分が標的になる
ことが怖くて、
知らない顔をしていた

弱くて、怖くて……逃げる

加恋を傷つけたくせに、
まだ自分を
守ろうとしてる
こんな自分、きらい。
きらい、全部、きらい、
大きらい

壊れてた優しさが涙を流してる
どうして言えなかったのかな
最低っ…私は最低だ!!

でも、

「嫌ってばかりじゃつまんない」

テレビから聞こえた聖奈さんの言葉が私の背中を押してくれる気がして――

教室のドアを開けて　大きな声で
このままじゃダメだって!!!

壊(こわ)れてた優しさにおかえりって微笑(ほほえ)む
榎本虎太朗(えのもとこたろう)
アリサのクラスメイト。中三の姉がいる。
山本幸大(やまもとこうだい)
虎太朗と健の友人。無口で読書好き。
柴崎健(しばさきけん)
あだ名はシバケン。幸大と同じクラス。

届いた
変わりたくて、
声を上げたこと
後悔ないけど…
ないけど
うん……
やっぱり、
こうなる気はしてた。
標的が変わって、
今度は私が一人…
加恋は
『そっち』に
行ったんだ…

でも、なんだか
不思議と怖くない。
今の私は嫌いじゃない
あーあー…
うつむくのは今日までで
いいや――
五月が終わるころ、
委員会の仕事が
終わって
教室に戻ると――
榎本、
ごめんね…
別に…
シバケンに
面倒みろって
言われたし

私、あんたが困っていたら絶対助けるから
なんだよそれ…
友情の証
意味わかんねぇけど…
←虎太朗への感謝、アリサはどんな形で…!?

告白予行練習

ハートの主張

原案／HoneyWorks
著／香坂茉里

20571

角川ビーンズ文庫

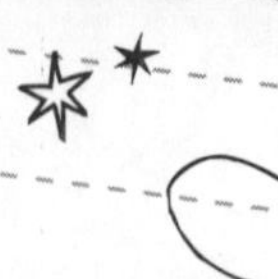

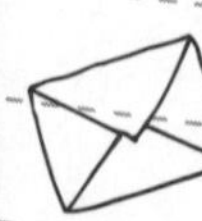

本文イラスト／ヤマコ

CONTENTS
もくじ

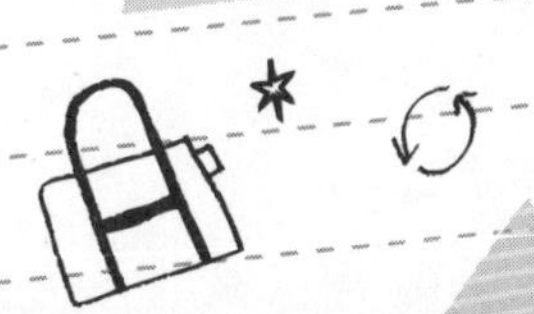

◇◆introduction♡～イントロ～◆◇

テレビから聞こえた誰かのセリフに背中を押されて、踏み出した一歩。
教室のドアを開けて、大きな声で。

『このままじゃダメだって！』

そう、叫んだ。
あふれたハートの泣き声は空まわってるかもね。

それでも、誰かに届け。

届け――。

おーい
どーうし…
えのもとこたろう
榎本虎太朗
11月29日生まれ　いて座・O型
中一。サッカー部所属。アリサのクラスメイト。別のクラスになった幼なじみの瀬戸口雛に片想い。
姉の夏樹は、同じ中学の三年生。

Preparation 1
~準備1~

◇◆Preparation1♡～準備1～◆◇

中学に入学してから、今日で三日目。

小学校の時とはなにもかもが違っていて、高見沢アリサは学校に少しもなじめていなかった。

ついでに言うと、女子の輪にも入り損ねてしまって、いまだにクラスで一人という有様だ。

(今度こそ、失敗しない！)

そう自分に言い聞かせながら、アリサは教室に向かう。

廊下では、生徒たちがはしゃいで走りまわっている。

その一人と危うくぶつかりそうになり、あわてて脇に避けた。

「あぶな……」

大きな声で注意しそうになって、お腹にグッと力をこめてこらえる。

中学では目立たず、大人しくしていると決意したばかりだ。思ったことを全部口に出していたら、小学校の時の二の舞になる。

フウッと一呼吸おいてから、なるべく廊下の隅を歩く。

アリサは引っこみ思案な性格というわけではない。

むしろ、話すのは好きなほうで、女子同士で集まって和気藹々としている姿を見るとうらやましかったりもする。

ただ、小学生のころは他人事に首を突っこんだり、ついキツい言い方をしたりして、周囲から浮いてしまいがちになっていた。

そのせいで、クラスメイトともトラブルばかりだった。

中学生になり過去の失敗からは少しは成長したはずだ。

今までと同じというわけにはいかない。

アリサは足を止め、カバンを持つ手に力をこめる。

（ぜったい、友達をつくろう！）

入学式の日、『お友達ができるといいわね』と、母に涙ぐまれてしまっては、できませんなんて言えるはずもない。

神社の神主をやっている祖父も、本格的な祈禱まであげてくれた。

『高見沢アリサに、友達百人できるように〜かしこみ、かしこみもうす〜〜』

と、大きな声で祝詞を読み上げられた時には、恥ずかしくてたまらなかったが、それだけ祖父も心配してくれているということなのだろう。


アリサは深呼吸して、余計なことは言わないと自分の胸に言い聞かせる。

それに、余計なことにも首を突っこまない。

できるだけ感じが悪いと思われないようにしなければ。


教室の入り口の前でこっそり笑みをつくってみたが、慣れないから、頰が強ばって、片方の口角が少し上がっただけだった。

(いやいや、これちょっと怖いでしょ……)


もっと自然に、爽やかに、感じよく笑わないと、逆にドン引きされてしまいそうだ。

いつかテレビで見た、プリンのCMの女の子みたいに、できれば爽やかな笑顔で!

（って、そんな笑顔が私にできるわけないじゃないの！）

　そう、心の中でつっこんだ時だ。


「よー、高見沢。なにやってんの？」

　急に声をかけられて、アリサの肩がびっくりしたようにはねる。

　後ろにいたのは同じクラスの榎本虎太朗という男子生徒だった。

「な、なにもやってない……けど？」

　とぼけて答えると、虎太朗は「ふーん」と教室に目をやる。

　それから、アリサのほうに視線を戻した。

「入んねーの？　教室」

「入るわよ！　言われなくたって……」

　とは言ってみたものの、足はためらったまま入り口の前から動かない。

　背中をポンと押されて、アリサはよろめくように教室に足を踏み入れた。

　虎太朗はちょっと笑うと、自分も中に入っていく。

「榎本ー！」

声をかけられると、彼は足を止めてさっそく話の輪に加わっていた。

アリサは自分の席に向かいながら、その姿を目で追う。

『榎本虎太朗です。得意なことはサッカーで、サッカー部に入るつもりです。目標はレギュラーとって、全国行くこと！』

入学式の日のホームルームで自己紹介をした時のことだ。

自信満々に宣言すると、ニカッと笑ってピースサインをしていた。

（……私の名前、よく覚えてたわね）

虎太朗はアリサの真後ろの席だが、まともに話をしたことはない。

だから、自然に話しかけられたことが意外だった。

虎太朗の周りにはいつの間にか男子たちが集まり、騒々しいほどにぎやかになっている。

虎太朗も同じ小学校出身の知り合いは少なかっただろう。

それなのに、入学三日目にして人気者男子というポジションをちゃっかり確保している。

スタートは同じだったのに、トラック半周もいかないうちに、大きく差を広げられてしまったような気分だった。

(やるじゃない……榎本)

ひそかにライバル心を燃やしながら、アリサはキッと挑むような目つきで虎太朗を見る。

(友達百人……とはさすがにいかなくても、まずは一人から!)

◆ ◇ ♡ ◇ ◆

男子とふざけ合っていた榎本虎太朗は、視線を感じて「ん?」と、ふり返った。

目があった瞬間、アリサは不機嫌にそっぽを向く。

(えっ、なんで、俺、にらまれてんだ?)

さっき、声をかけたのが気に入らなかったのだろうか?

女子の機嫌が悪いのはいつものことだから、気にしても仕方がないが……。

自分の周りにいる女子陣のことを思い出し、虎太朗は頭をかく。

（にしても、高見沢ってよくわかんねーな）

彼女が女子と話をしているところを、一度も見かけたことがない。

周りの男子たちの話を聞き流しながら、虎太朗は気になって、もう一度アリサに目を向けた。

やっぱりにらまれていて、虎太朗はさりげなく視線をそらす。

（とりあえず、目、合わさねーほうがいいかもな……）

よくわからないが、触らぬなんとかに祟りなしだ。

Preparation 2
~準備2~
シバケンって
女の子に対しては
優しいよね
僕ももっと
優しくされたい
な――……
やまもとこうだい
山本幸大
11月7日生まれ　さそり座・A型
中一。健とはクラスメイトで友人。
虎太朗との仲をつなぐ。無口で本が好き。
その言葉は核心をつく。

◇◆Preparation2♡～準備2～◆◇

「なぁ、幸大」

昼休みのこと、柴崎健は椅子を傾けながら、後ろの席の山本幸大に声をかけた。

いつものように無表情のまま読書をしている幸大は、少しもこちらを見ようとしない。

たいした用事がないことはすっかり見透かされているのだろう。

「すげーつまんないんですけど。なあ、おもしろい話、ない？」

頭の後ろで両手を組みながら話しかけると、幸大は本に視線を落としたままハァとため息をついた。

「ない。というか、なんで呼び捨て？」

「いーじゃん、俺らクラスメイトでしょ。俺のことも呼び捨てでいいし」

笑顔のまま、健が軽いノリで話をすると、幸大はメガネを押し上げて読書に戻ってしまう。

これ以上、会話を続ける気はないらしい。

健はクルッと体の向きを変え、「なーなー」としつこく呼びかけた。

「なに読んでんだよ。おもしろい？」

「おもしろいか、おもしろくないかは、人それぞれだろうね」

頬杖をついたまま、幸大は素っ気ない口調で答える。

「ふーん。じゃあ、それ、エロい？」

幸大の呼んでいる分厚い本をのぞきこんで、健がきいた。

「ドストエフスキーのカラマーゾフの兄弟。読むなら貸すけど」

「あー、悪い。全然、興味ない。で、そのなんとかの兄弟って、どんな話？」

「興味ないならきく意味ないだろう。というか、なんで話しかけてくるわけ？」

集中力が切れてしまったのか、幸大はパタンと本を閉じてようやく視線を上げる。

「いいじゃん、ヒマつぶしに付き合ってよ」

ニコーッと笑って答えると、幸大は「まったく」とあきれ顔になった。

幸大は中学に入ってからできた知り合いだ。

今のところ共通点は見つからない。性格も趣味もまったく合わない。

無口で本好きの幸大と、派手な外見と顔立ちの健は、なにもかも正反対と言っていい。

同じクラスで、席が前後でなければ、話しかけることもまずなかっただろう。


クラスには他に気の合う相手はいくらでもいる。人の輪に入るのは、幸いにして得意だった。

それなのにこうして幸大を相手に不毛な会話を繰り広げているのは、ただ、単純に席を移動するのが面倒だったからだ。

ヒマつぶしの相手だから、誰だってかまわない。

だったら、後ろの席の幸大を相手にするのが手っ取り早い。

そんな理由で、気づけば入学以来、一番幸大と話すようになっていた。


「まーまー迷惑してるんだけどね」

「気にするなって。それより、教室内で携帯使用禁止とかないよなー。なー、幸大。お前さ、生徒会長とか立候補する気ない？」

「さっぱり意味がわからないんだけど」

「お前が生徒会長になって、携帯使用禁止ルールを撤廃してよ。全校生徒に喜ばれるよー？

俺も清き一票、入れるからさ」

「全然、清い感じがしないんだけど。人に押しつけてないで、自分が立候補すれば？」

「俺、そーゆーの無理だから。メガネじゃないし」

「生徒会長立候補条件にメガネは含まれてないよ」

「生徒会長って言ったらメガネって、決まってるだろ。信頼の証みたいな？」

笑って言うと、幸大が「ハァ？」という顔をした。

ちぐはぐなようで、なんだかかみ合っている会話が、健はきらいではなかった。

幸大は面倒そうにしながらも、会話のボールを投げれば、たいていキャッチして律儀に投げ返してくれる。だからつい、こちらとしてもボールを投げてみたくなるわけだ。

「あー……ヒマ過ぎ。なぁ、幸大。なんか、おもしろいこと……」

「だから、本でも読めば？　ってこの会話、さっきもしたし」

面倒そうな幸大の声を聞き流しながら、健はドアに視線を移す。

「もー、ついてこないでよ！」

「俺も自分の教室に戻るんだよ！」

言い合いながら教室を出ていく二人を、さりげなく目で追う。

（あれって、うちのクラスの女子だよな？）

一緒にいたのは、他のクラスの男子だろう。よく見かける組み合わせだった。


「なぁ、幸大。さっきの胸のでかい子……」

「瀬戸口さん、だよ」

眉間にしわを寄せた幸大が、メガネを押し上げながら言い直す。

瀬戸口雛は女子の中でもかなりかわいいほうで、男子同士のうわさにもよく名前がのぼる。

一方で、男子のほうは知らない。


「その胸のでかい瀬戸口サンと一緒に出てったやつって、誰だろうな」

「ああ、榎本……」

「知ってんの？」

「委員会の時に席が隣だった」

幸大は二人が出ていったドアのほうに目をやり、「名前、虎太朗だったかな？」と首を傾げる。

健は幸大の机に両肘をつくと、少しだけ身を乗り出した。

「その榎本ってさ、なに？　瀬戸口サンの彼氏？　あいつら付き合ってるわけ？」

「さあ、知らないけど……よく一緒にいるね」

「毎日、うちのクラスに来てるだろ、あいつ。瀬戸口サンに会いに」

「別に、いいんじゃない？」

幸大はすぐに本に視線を戻そうとする。


（榎本……か）

瀬戸口雛にはまったく相手にされておらず、邪険にあしらわれているのが、いっそ気の毒なくらいだ。それなのに、こりずにやってくる。

（どーゆー関係なんだろうな？）

口の端をわずかに上げ、幸大の袖をクイクイと引っ張った。

「なー、あいつらおもしろそーじゃね？」

「なに企んでんの？　やめなよ」

幸大に白い目で見られながら、健は「いいから」と笑って立ち上がる。

「ちょっと冷やかしに行こうぜ」

「僕を巻きこまないでくれる？」

「絶対、そのなんとかの兄弟よりおもしろいって！」

いやそうな顔をする幸大の腕を引っ張り、健は教室の後ろ側のドアに向かった。


健が幸大を連れて廊下に出ると、虎太朗は自分の教室に入るところだった。

「おーい、榎本」

幸大の腕をつかんだまま、健はにこやかに声をかけた。

ふり向いた虎太朗は、「お前、誰だっけ？」と眉を少しひそめる。

それから、健と一緒にいる幸大に視線を移した。

「山本の知り合いか？」

「……ごめん、榎本。僕はよしたほうがいいって、一応忠告したから」

幸大は虎太朗に、肩をちょっとすくめてみせる。

「なんの話だよ。忠告って？」

「ああ、気にすんなって。こっちの話だから」

進み出た健は、怪訝そうな顔をしている虎太朗の肩をポンポンと叩いた。

「このチャラいやつ、山本の友達なのか？」

「いや、全然。ただのクラスメイト」

「つれないこと言うなって。俺ら、友達じゃん？　というわけで、昼休みまだあるし、屋上とかでおしゃべりしよーか？」

笑顔で言うと、虎太朗がますます迷惑そうな顔をする。

「勝手に決めんなよ。まだ数学の宿題やってねーのに。山本、なんとかしろよ、こいつ！」

「無理、僕も被害者だから」

「宿題なら、幸大のうつさせてもらえばいいって。俺もそーしよーと思ってるし」

健は笑って二人の背中を押した。

「あのさ……僕がやってきてないって可能性は考えないわけ？」

幸大は癖なのか、メガネに手をやりながら微妙な顔をする。

「友情を深めることも大事だろ？　せっかくこうして、知り合いになれたんだし！」

「俺はお前と、知り合いになんかなりたくねーよ。放せー！」

虎太朗が大きな声を上げると、すれ違った女子たちがクスクス笑う。


「男子って、仲いいねー」

「楽しそう」

そんな声が聞こえて、三人の足がピタッと止まった。

女子たちが立ち去るのを待ってから、そろって顔を見合わせる。


「仲良しだって、勘違いされただろ！」

恥ずかしそうに、虎太朗が声のトーンを落とした。

健はニヤッと笑って、その肩を引き寄せる。

「榎本ー、お前、どの子が好みだった？　俺、ロングの子とかわりと好きかも」

「ハァ⁉　知るかよ」

「あー、そう言えば、お前には瀬戸口サンがいるんだっけ？」

「バッ……………カ、言ってんじゃねーよ！」

真っ赤になった顔を腕で隠しながら、虎太朗がよろめくように下がった。

（わかりやす。ヤバッ。すげー、楽しい）

健は笑い出したいのをこらえて、口もとに手をやる。

「やっぱ俺たち、友達になろーぜ？」

「は？　なんでだよ。いやだ！」

「そっちだって、うちのクラスに来る口実があったほうがいいだろ？」

「……なに、企んでんだよ。お前」

「さぁ？　なんだろな？」

（榎本虎太朗。やっぱり、おもしれーな）

案外、この二人とはうまくやっていけるのかもしれない。

そう思いながら、健は二人を引き連れて屋上に向かった。

Preparation 3
~準備3~
柴崎健
4月1日生まれ　おひつじ座・O型
中一。幸大と虎太朗とつるむ。
女子にもてるが、基本チャラい。
両親は不仲で、小学生の弟・愛蔵がいる。
しっかり見ててやれよ

◇◆Preparation3♡～準備3～◆◇

それから一週間、なんだかんだと言いながら、健は虎太朗や幸大と三人でいることが多くなっていた。

昼休みになれば、虎太朗は健のクラスにやってきて雑談に加わる。

その日も、幸大の席に集まり、トランプで時間を潰していた。

横を通りかかった雛が、ふと立ち止まる。

そして、手持ちのカードを真剣な顔で見つめている虎太朗に、不可解そうな目を向けた。

「ちょっと、なんで虎太朗が柴崎君や山本君と一緒にいるのよ？」

「悪いのかよ？」

虎太朗はそう答えて、健の手からカードを引く。

「俺ら、友達になったんだよなー？　虎太朗」

健は虎太朗の肩を叩いて笑ってから、「あっ、ちなみに今のババな」とさりげなく暴露した。

「えっ⁉　マジで⁉」

虎太朗は自分のもとにまわってきたカードに目をやって、ガクッとする。

「言うなよー、シバケン」


いつの間にか、虎太朗も幸大も、『シバケン』とあだ名で呼んでいた。

クラスの女子たちの呼び方が、二人のあいだでもすっかり定着したようだ。

「へー、ババ、虎太朗が持ってるんだ。じゃあ、気をつけないとね」

幸大が虎太朗の手からサッとカードを引き抜いて、ペアになったカードを机におく。

（ババはまだ虎太朗の手の中……か。すぐ、顔に出るからおもしれーよな）

三人でトランプをするのはこれが初めてではないが、虎太朗が勝てたためしはない。

それでも毎回参加してくるのだから、負けず嫌いなのだろう。

「瀬戸口さんも、一緒にやんない？」

健はカードをヒラヒラふりながら、気になるように眺めている雛に声をかける。

「えっ、わ、私⁉」

「雛、先いくよー」

たじろいでいる彼女を、ドアのところで待っていた女子が呼ぶ。

「ああっ、待ってーっ！」

あせったように答えると、雛はパタパタとかけよっていった。


その姿を、虎太朗が目で追う。

健が幸大の手からカードを引き終わり、自分の番になっていることにも気づいていない。

「虎太朗ー。ダダもれになってるぞー」

残っているカードを差し出しながら冷やかすと、虎太朗が不機嫌な顔になる。

「なにがだよ？」


「色々と。あっ、そーだ。この前、うちのクラスの男子がさー。こっそり女子の人気投票してたんだけど、瀬戸口さん、何位だったと思う？」

「し……知るかよ！　そんなことやってんのか⁉　お前らのクラス」

分かりやすく動揺している虎太朗に、健は笑いたいのをこらえる。

「虎太朗のかわりに、俺も一票入れといてやったから」

「頼(たの)んでねーしっ！」

「安心しろって、一位だったから」

「全然、安心できねーだろ、それっ!!」

声を大きくする虎太朗の手から、幸大が無言のままカードを引き抜く。


「あっ、上がった」

幸大はそろったカードを捨てる。

「おっ、ラッキー。俺も上がり！」

幸大に続いて、健もペアになったカードを机におく。


「えっ!?」

虎太朗は自分の手持ちのカードがババ一枚になっていることに、ようやく気づいたらしい。

頭を抱(かか)えるようにして、机につっぷした。

「お前ら、ズルい……」

「虎太朗、弱すぎ」

カードを集めながら、幸大がさりげなくとどめを刺す。

「もう、絶対、お前らとはババ抜きやんねー！」

虎太朗は立ち上がると、ポケットに両手を押しこんで教室を出ていく。


壁の時計を見れば、昼休みも残り五分になっていた。

健は頭の後ろで手を組む。

「虎太朗って、疲れそーな生き方してるよな」

「そう？」


好きな子に夢中になって、好きな部活にも精一杯打ちこんで、いっそ、まぶしすぎるほどだ。

あそこまで、全力で好きなものを追いかけられたら、まあ、気持ちいいだろう。

自分にはとてもマネできない。最初からマネをする気もない。

必死になればなるほど、手に入らなかった時の虚脱感と、喪失感が大きくなる。

適当に流しているほうがよっぽど賢くて、楽だとわかってしまっている。

「イタいよな、あいつ」

健がからかうように言うと、幸大は一度こちらを見てから、トントンとカードをそろえた。

「虎太朗はいいやつだよ」

「さっさと告白すればいいのにな。ふられたら思い切り笑ってやろうぜ、幸大」

「ふられるとは限らないじゃないか」

「あいつらが両想いに見えんのか？」

「……」

幸大は微妙そうな表情で、メガネの縁に手を運ぶ。

「本気になるだけ、ムダなんだって」

椅子の背に寄りかかったまま、健は窓の外に視線を移した。

その目を少しばかり細める。

本当に欲しいものは、いつだって手からこぼれ落ちていく。

世界はきっと、そういう風につくられている。

残るのは、いつだって空っぽの自分の手のひらだけだ。

「……シバケンってさ。わりと不器用に生きてるよね」

健は顔を戻し、「は？」ときかえす。無意識に眉間にしわが寄っていた。

「自分のことは案外、自分が一番、わかってないものだよ」

幸大は読めない表情のまま言うと、席を立って教室を出ていく。

（うるせーよ。なにがわかんだよ、お前に……）

額に落ちてきた前髪がわずらわしくて、健はいらついたため息と一緒にかき上げた。

「つまんねー……」

◆　◇　♡　◇　◆

放課後、健は虎太朗のクラスに来ていた。幸大は委員会の仕事で、遅くなるようだ。

「虎太朗、お前さ。今日、部活ないんだろう？」

声をかけても、ぼんやりと窓縁で頬杖をついている虎太朗は返事をしない。

隣に立ち、窓の外を見れば、生徒たちが正門に向かって続々と歩いていくところだった。

虎太朗の視線の先にいるのは、友達と笑い合っている瀬戸口雛だ。


（ああ、聞こえてないな……）

目に映っているのはたった一人だけ。

きっと彼女のことで頭の中もいっぱいになっているのだろう。

虎太朗を見ていると、たまに、胸の奥の奥に追いやった感情が揺さぶられそうになる。

それは、忘れていたいものなのに——。


「ほんと、好きだよな」

独り言のつもりだったが、「なにか言ったか？」と虎太朗がふり向いた。

「いーや、別に。それより、どっか寄って帰ろうぜ。どーせヒマだろ？」

そんな会話をしながら、虎太朗と二人、教室を後にした。

◆◇♡◇◆

翌日の放課後、校舎を出ると外は雨になっていた。

ビニール傘を差しながら、健は正門に向かって歩き出す。

その途中、「柴崎君」と呼び止められて足を止めた。

傘を手にニコッと笑ったのは女子生徒だ。

真新しいスクールバッグではないところを見ると、先輩のようだ。


「えーと……？」

名前が出てこなくて、健は首の後ろに手をやる。

（というか、会った記憶ないんだけど？）


「柴崎君、今、誰か付き合ってる子、いる？」

「え？　あー……いや、別に？」

「じゃあ、私と付き合わない？　前から柴崎君のこと、かっこいいなーって思ってたんだけど。いや？　あっ、もしかして、好きな子とかいたりする？」

傘の下から、彼女がのぞきこんでくる。

（またかよ……）

中学に入ってから、この手の誘いを受けるようになった。

背が高くなって、そこそこ見た目に気をつかうようになっただけでこれだ。

（都合がいいよな）

皮肉を表情の下に隠して、愛想よくほほえむ。

「俺、センパイのこと、なんにも知らないんですけど」

「君のいっこ上だよ」

彼女の名乗った名前が、傘を叩く雨の音に霞んだ。

（まあ、別にいいか……）

そう思ったのは、彼女がほどほどにかわいくて、自分好みに長い髪だったから。

それと、少しだけうらやましかったからだろう。

窓縁で雛を見つめていた虎太朗の、まっすぐで一途な瞳が。

あんな風に、自分も誰かを想えるかもしれないと、柄にもなくそんな気になったからだ。

◆◇♡◇◆

授業が終わると、生徒たちが席を立って教室を出ていく。

それと入れ違いに、帰り支度をした虎太朗が教室にやってきた。

「シバケン、幸大。今日、部活休みだから一緒に帰ろうぜ」

「注文していた本、届いたって連絡あったから本屋に寄りたいんだけど」

「そういえば、俺も買いてー漫画あるんだよな」

虎太朗と幸大の会話を聞き流しながら、健はバッグから取り出した携帯を確認する。

「シバケン？」

幸大に呼ばれて、ようやく顔を上げた。

「悪い。今日、ちょっと用事あるんだよ」

健はメッセージを送り終えると、携帯をズボンのポケットに押しこむ。

すぐに返信のメッセージが入ったことを知らせる音がピロンと聞こえた。

「またかよ。最近、塾とか行ってんのか？」

「あーまあ、そんな感じ？　じゃあな、虎太朗、幸大」

バッグを肩にかけながら、笑って教室を後にした。

◆ ◇ ♡ ◇ ◆

健が家に戻ったのは、夜の九時過ぎだった。

家の玄関戸を開くと、廊下は真っ暗だ。

靴を確かめるまでもなく、両親が家に戻っていることはわかった。

父親の怒鳴り声と、ヒステリックにわめく母親の声が二階から聞こえてくる。

隣の家にまでその声は筒抜けになっているだろう。

それを恥とも思わないのが、自分の両親だ。

もう少し、遅く帰ってくるんだったと、そんな後悔をしながらバッグを階段に投げた。

リビングに入ると、弟の愛蔵がキッチンの棚をあさっているところだった。

「電気くらい点けろよ」

パチンとスイッチを押すと、暗かった部屋の中にオレンジ色の明かりが広がる。

「おかえり」

そう言われて、「ああ……」と適当な返事をした。

冷蔵庫まで行くと、扉を開いてみる。

(……なんもねーじゃん)

ため息をついて、カップ麺を手にしている愛蔵に視線を移した。

「あの二人、いつからやってんの?」

「二時間くらい前」

それなら、夕飯の用意もしていないだろう。

キッチンを見わたしても、料理をつくっている痕跡なんて一つもない。

きっと、子供の食事のことなんて、頭にないに違いない。

あの様子では、口論はまだ続きそうだった。

「……パスタつくるけど、食う？」

「カルボナーラにしてくれるなら」

ちょっと笑って弟の頭をコンッと小突き、棚の奥から乾麺を取り出す。

制服の上着を脱いで、シャツの袖をまくりながら、キッチンに立った。

二人分の麺を鍋に放りこんでゆで、ベーコンとタマネギをフライパンで炒めていく。

食卓についている愛蔵は、ぼんやり頬杖をついて、窓を打つ雨粒を眺めていた。

『そうやって、全部私のせいにするの、やめてよ！　もう、うんざりなのよ！』

『帰ってきた途端に、言いがかりをつけてきたのはそっちだろう。いい加減にしろよ。こっちは、仕事で疲れて帰ってきてるんだ！』

『自分だけが働いているみたいな顔しないでよ！　こっちだってね……』

うんざりしてんのも、いい加減にして欲しいのも、こっちのほうだ。

毎日、毎日、顔を合わせるたびに当たり散らして、わめいて。

(大人だろ? なんで、自分の感情くらい、うまくごまかせないんだよ)

ウソでも、おたがいに好きなふりして、ニコニコ笑って。

そうしていれば、自分たちだって、周りだって、傷つかなくてすむのに。

どうして、そんな簡単なことができないのだろう。

(好きで結婚したくせに……)

上から聞こえてくる怒鳴り合いの声と、換気扇の音、油の弾ける音を聞きながら、健は黙々と手だけを動かし続けた。

できあがったカルボナーラを皿に盛りつけ、インスタントのスープと一緒に食卓に運ぶ。

健は弟と向かい合って座ると、フォークを取った。

会話なんてとくになくて、かたわらに置いた携帯をいじりながらフォークに麺を絡める。

「……父さんと、母さんってさ。離婚すんの？」

そんな弟の質問に、健の手が止まった。愛蔵は暗い窓の外を見つめたままだ。

「さあ、そうじゃねーの？」

もう、何年も前から持ち上がっている話だ。いまさら、別に驚きもしない。

「そーなったら、どう……」

「いいから、さっさと食えって。つくってやったんだから、洗い物、お前な」

健は話を打ち切り、フォークに巻いたパスタを口に運ぶ。

愛蔵もそれ以上、話しかけてこなかった。

ねえ…

Preparation 4
~準備4~
ちょっと可愛いからって調子のりすぎ
ねー
あんたもそう思うでしょ?
だよねー

◇◆Preparation4♡～準備4～◆◇

昼休みになると、みんなクラスの男子、女子それぞれ集まって給食を食べ始める。

男子たちは適当に周りの生徒と食べているが、女子は机を寄せ合って、グループをつくっていた。

その輪に入れないアリサは、自分の席にポツンと座ったままだ。

（……これって、まずいんじゃない？）

他の子たちは、どうやってグループに入れてもらったのだろう？

アリサは近くの席で楽しそうに雑談している女子たちに、さりげなく目を向ける。

（あそこに入れてって、頼んでみる？）

好きなものや、趣味をきいて、雑誌やテレビの話を合わせて。最近やっているドラマはなんだろう？　流行っている音楽は？

全然、話題についていけなかったら、どうすればいいのだろう。

（もう、ダメ……私、終わってる）

牛乳パックを握りつぶしながら、アリサはゴンッと机に頭を落とした。

みんなの話題に入っていく自信なんて全然ない。

（もっと、流行のものとかを調べておけばよかった）

テレビ番組をチェックして、ネットでも話題になっていることを検索したり、話題についていけるようにしたりして。みんな、そうやって努力している。

だから、ちゃんとグループの中にも入っていけるのだろう。

落ちこみそうになっていた時、自分と同じように一人で給食を食べている子がいることに気づいて、頭を起こす。

（あの子、入学式の時からずっと一人……って、私もなんだけど）

アリサは内心苦笑した。

三浦さん、だったはずだ。

小さくなってうつむいているその姿は、ひどくさびしそうだった。

そういえば、自己紹介の時も――。

『三浦加恋です。好きなものは……』

そう、彼女が言いかけた時、誰かが『男子でーす』と茶化すように言っていた。

先生に怒られても女子たちはクスクス笑っていて、彼女はいたたまれないように黙って席に座っていた。

(声、かけてみる?)

相手も一人だ。グループの中に入っていくよりは簡単だろう。

(でも、誰でもよかったんでしょ、みたいに思われるのも、いや……だな)

相手にも悪い気がする。

視線を下げた時、アリサはトレイに牛乳がこぼれていることに気づく。

「あっ、わっ!」

あせって立ち上がろうとした拍子に、椅子がガタッと音を立てた。
その音が思いのほか教室に大きく響き、周りにいた生徒たちまで注目する。
「ああ、もう」
カバンを開けてティッシュをさがしたが、こんな時に限って見つからない。
最悪だ。
女子たちが、「なにやってんの？」と、小声で話しながら笑っているのが耳に入った。
カバンを握ってうつむいていると、「ほら」とポケットティッシュが差し出される。
虎太朗は手をポケットにしまうと、後ろの席に戻っていった。
（榎本……）
アリサは自分の手に残されたティッシュに目をやった。
ズボンかカバンに突っこんでいたものなのか、シワシワになっている。
一枚しか残っていないが、そんなところが虎太朗らしくて、つい笑みがこぼれた。
でも——。

ありがと。

ティッシュでこぼれた牛乳をふいてから、座り直す。

(そうだ、考えるより、まず行動!)

気持ちを入れかえ、アリサは急いで残りの給食を片づけた。

◆◇♡◇◆

その日の午後からは体力測定をすることになっていた。

給食当番だったアリサが片づけを終えて女子更衣室に向かうと、他の生徒たちは着がえて出ていった後だった。

ロッカーを開けて、カバンから体操服を取り出す。

「あれ? パンダは!?」

カバンの持ち手につけていたはずのマスコットがいつの間にか、なくなっている。

ストラップだけは残っているから、切れて落ちてしまったのかもしれない。

「うそ、どこやったんだろう」

カバンのポケットをさがしてみたけれど、やっぱり入っていなかった。

アリサはその場にしゃがみこんで、あたりを確かめる。

「……さがしてるの、これ？」

声がして顔を上げると、加恋が更衣室に入ってきたところだった。

彼女は持っていたパンダのマスコットを差し出す。


「これ、どこで⁉」

「更衣室の前に落ちてた」

加恋から受け取ったマスコットを、アリサはホッとして握りしめた。

「よかった、これ、気に入ってたから」

「高見沢さんって、アリサって言うんだ」

加恋はロッカーを開くと、カバンを押しこんで着がえ始める。

「あ……うん」

「いいね」

体操服に着がえながら、アリサは加恋を見る。彼女も制服を脱いで、アリサに顔を向けた。

「かわいいから。名前。カタカナで読みやすいし」

「三浦さんもカタカナじゃなかった？　カレンって」

自己紹介の時のことを思い出しながら、アリサはきき返した。

「漢字で加恋だよ。加えるに恋でカレン」

「そうだったんだ……ごめん、知らなくて」

自己紹介の時に名前を聞いて、てっきりカレンはカタカナなのかと思っていた。

「当て字なんだけどね。覚えにくいでしょ？」

「そんなことないよ」

（ああ……ダメだな）

こんなつまらないセリフしか口にできない自分がもどかしい。

せっかく、声をかけてくれたのに。

もっと、かわいい名前だねとか、オシャレな名前だねとか、色々あるのに。

今度、一緒に給食食べようとか……。

（ああでも、この話の流れで、給食の話題を持ち出すのは唐突すぎる！）

ほんとうに、どうしてこんなに会話下手なんだろう？

自分でも歯がゆくなるのに、どうしてもうまくやれない。

気落ちしていると、フフッと笑う声が耳に届く。

目が合うと、加恋は楽しそうに瞳をきらめかせた。

「高見沢さん、おもしろいね。アリサって、呼んでいい？　私のことも名前で呼んでくれたら、うれしいかな」

その言葉に、アリサの顔がパッと輝く。

「私も……私もそう呼んでくれたらうれしい！」

恥ずかしくなるほど、声が弾んでしまった。

（なんだ、そっか……考えてたこと、同じだったんだ）

遠慮なんてしないで、初めから思い切って声をかけておけばよかった。

目が合うと、アリサと加恋はどちらからともなく笑い出していた。

（むずかしく考えることなんてなかったのに……）

「あっ、アリサ。もう時間ないよ。急がないと！」

チャイムの音に、加恋があせってジャージズボンをスカートの下からはく。

先に飛び出していった加恋を追いかけるように、アリサも体操服に着がえてから、更衣室を飛び出した。

◆◇♡◇◆

学校から帰ったアリサは、神社の石段の前で足を止めた。

スカートのポケットからパンダのマスコットを取り出すと、学校でのことが思い出されて自然と口もとがゆるむ。

急勾配の石段をのぼる足取りもいつもより軽く思えた。

その途中、同じ中学の制服を着た男子生徒とすれ違う。

一瞬見えた横顔と、ピアスに、アリサの足が止まった。
ふり返ると、男子生徒はポケットに手をしまったまま階段を下りていく。
同じ中学の生徒が神社に参拝に来るのは珍しい。
（まあ、いいか……）
相手は同じクラスの生徒でもない。
アリサは顔を正面に戻すと、残りの階段をかけ上がっていく。
石段を上り終えると、袴姿の祖父が竹箒で境内を掃き清めているところだった。
「アリサ、おかえり……どうした？　いいことでもあったか？」
「おじいちゃんのご祈禱、効いたみたい！」
アリサは目を丸くしている祖父に上機嫌な笑みを向け、母屋に向かう。
玄関を開いて中に入ると、「ただいま！」といつもより元気な声を上げた。

◆◇♡◇◆

学校帰り、夕暮れに染まる道を歩いていた健は、神社の石段の前でふと立ち止まった。

(そういえば、昔、来たっけ……ここ)

色あせた写真が、もう開くことのないアルバムの中にしまわれているのを思い出す。

着物を着た母と背広姿の父に抱かれた自分と、一つ年下の弟。

お宮参りの時のものだろう。

それと、バカみたいに蝶ネクタイを結んで半ズボンをはいた七五三の時の写真。

どちらも、この石段で撮られていた。

あれは、まだ自分たちが『家族』という形だったころのものだ。

足が向いたのは、懐かしんだわけではない。

石段の上がどんな風になっていたのか思い出せなくて、ただ、それがすっきりしなかっただけだ。

石段を上りきると、神社の神主らしき老人が掃き掃除をしている。

こちらがあいさつするより先に、「ようこそお参りに」と頭を下げられた。

(別に参拝にきたわけじゃないけど……)

健は少し気まずい思いをしながら会釈して、境内を見わたす。

思っていたよりも広々としていて、経年を感じさせる立派なお社が建っている。

授与所と立て札がおかれた建物に目をやると、巫女姿の女性が座っていた。

その前にはお守りや、おみくじが並んでいる。

そういえば千歳アメをもらったなと、昔から変わらない光景にふと記憶がよみがえった。

自分のもらった千歳アメを、弟がうらやましがってダダをこねていた。

母親が『来年ね』と言っても聞き分けなくて、結局、アメは弟と半分ずつにした。

最初は理不尽だと思ったけれど、弟のうれしそうな顔を見て、まあいいかと思ったものだ。

不思議と覚えているのは、いやな思い出より、いい思い出のほうが多い。

あのころのままで満足してくれていたら……きっと今も『家族』でいられただろうに。

拝殿の鈴を鳴らし、お賽銭を入れたのはいいが願うことなんてとくにない。

願ってもどうしようもないような気がして、石段に引き返した。

急ぐことなく階段を下りていると、女子生徒が上がってくる。

まるで、弾んでいるような軽やかな足取りだった。

瞳が輝いていて、夕日に照らされたその頰が赤く染まっている。

同じ中学の制服だと気づいて足を止め、すれ違った彼女の姿を目で追った。

「あれって……」

（虎太朗と同じクラスの子だよな？）

虎太朗のクラスに行った時、何度か見かけたことはある。

いいことでもあったのだろうか？

あんまりうれしそうだから、ついこちらまで笑みがこぼれる。

先ほどまで重かった心がフワッと軽くなった気がして、健は残りの階段をトントンと下りていった。

◆
◇
♡
◇
◆

翌日の昼休み、アリサは銀のトレイを手に列に並んでいた。

給食の献立はシチューと、コッペパン、それにサラダにヨーグルトだった。

給食を受け取った生徒から、席に戻って食べ始めている。

（今日こそ……今日こそ、加恋を誘う！）

そう決意して登校してきてから、ずっと心臓がドキドキしていた。

昨日の体力測定も一緒にまわったし、おたがいに名前も呼ぶようになった。

だから、大丈夫。

『加恋ー、給食、一緒に食べない？』

そう、自然にさりげなく、気さくに声をかければいい。

加恋も、きっと「いいよー！」と返してくれる。

トングをつかんだままケースのパンを凝視していると、「おーい、高見沢」と後ろに並んでいた虎太朗に呼ばれた。

「コッペパンにガン飛ばしてないで、進んでくれね？」

「わ、わかってるわよ！」

他の生徒たちも笑っていることに気づいて、アリサの顔が赤くなった。

急いでパンを取ると、虎太朗にトングを押しつけて列から離れる。


加恋は先に給食を取り、自分の席に戻るところだった。

「あっ……」

加恋もふと、アリサを見る。

（声、かけなきゃ）

意を決してアリサが足を踏み出そうとした時だった。

「高見沢さん」

後ろから肩を叩かれ、アリサは反射的にふり向く。

「えっ、な、なに？」

驚いたせいで、声が少し高くなった。

相手は、今まで一度も話したことのないクラスの女子たちだ。

「高見沢さん、いつも給食一人で食べてるよね？　一緒に食べない？」

「うちら、高見沢さんのことかわいそーって思ってたんだよ？」

「だから、グループに入れてあげようと思って」

「えっ……あ……」


(私は、加恋と一緒に……)

とまどいながら加恋に視線を向けると、彼女は背を向けてしまう。

そのまま着席して、またいつものように一人で給食を食べ始めた。

(今日こそ、本当に……)

もう、言い出せなくて、アリサはトレイを持つ手に力をこめてうつむいた。


――ごめん、加恋。

別に、約束していたわけではない。

まだ、友達と呼べるような関係でもない。

でも、なんだか加恋のことをひどく裏切ってしまったような気がして、席について食べ始めても、パンがのどを通らなかった。

席を合わせておしゃべりしている周りの子たちの話も、耳に入ってこない。

(加恋も、今日、私と給食、食べようと思ってたんじゃない?)

目が合った時、一瞬だけど彼女はこちらに笑いかけてくれた。

たぶん、きっとそうだった。同じことを考えていると思った。

(なのに、私……)


「ねーねー、高見沢さん」

声をかけられて、アリサはハッとする。顔を上げると、注目されていた。

暗い顔していたら、グループに入れてくれたこの子たちにも悪い。

あわてて笑みをつくり、「え?　なに?」ときき返した。

「高見沢さんって、髪、長くて綺麗だよねー」

「そう……かな?」

アリサはとまどって、自分の髪に手をやる。

実家が神社ということもあって、神楽を舞うこともある。

その時、髪を結えるほうがいいから長く伸ばしていた。といっても、それは仕方ないからで、今の髪型を気に入っているわけではない。


「結ばないの? ほら、ポニーテールとか」

女の子たちの一人が言うと、周りの子たちが「えー」と声を上げる。

「アリサには全然、似合わないでしょ」

「じゃあ、ツインテール?」

「あははは、もっと似合わないって。今のままがいいよ。そうだよね、アリサ」

「あー……そうだね。似合わない……似合わないよね」

彼女たちに合わせて、アリサは笑う。無意識に髪に手をやり、キュッとつかんでいた。


一緒に、給食を食べてくれる人たちができた。

それは望んでいたことのはずなのに、少しも楽しくない。

心が重くなっていく気がして、アリサは手もとを見つめる。

（私、なにやっているんだろう……）

◆◇♡◇◆

それから一週間、アリサは誘ってくれた女の子たちと行動することが多くなっていた。

クラスの中でもオシャレで目立つ子たちが集まっているグループだ。

正直、彼女たちがどうして自分を仲間に入れてくれたのか、理由はわからなかった。

話が合うわけでもない。彼女たちのようにオシャレなわけでもない。

同情でもなんでも、声をかけてくれたことはうれしかったし、孤立しなくなった分、困ることも少なくなった。

友達ができたかどうかはともかくとして、グループには入れてもらえた。

それだけでも、充分だといえば充分なのだろう。

けれど、そのせいで孤立したままの加恋の存在が浮いてしまっている気がする。
今、クラスで一人なのは彼女だけだ。
それに、アリサは今のグループに入って以来、加恋に声をかけられないでいる。
加恋も、目を合わせてくれなくなった。
一度も——。

◆◇♡◇◆

学校帰り、アリサはグループの子たちに誘われて、ショッピングモールに来ていた。
服やカバンを見てまわる彼女たちの後を、少し遅れてついていく。
（会話に入れない……）
いつもグループの中心になっているのは、井原由衣という子だ。
彼女たちはアリサに話しかける気がないのか、自分たちばかりで盛り上がっている。
黙って歩いていたアリサは、マネキンに飾ってある服が目に入り、思わず足を止めた。

（か……かわいっ………!!）

一気にテンションが上がって、アリサはあたりをキョロキョロと見まわす。

他の子たちは、向かいの店で楽しそうに服を選んでいる最中だ。

マネキンに歩みよって、服に手を伸ばす。

レースやリボンで飾られたその服は、アリサの好みのど真ん中だった。

ハートを射貫かれたみたいに、服に見とれてしまう。

（これ、すっごくよくない!?　いいよね!?　かわいいよね!?）

マネキンの横に、サイズと色違いの服が並んでいる。

服の袖をつまんだまま、「うーん」と思案した。そのうちの一着を手に取ると、鏡の前に移動する。

服を体に当ててみようとした時、「アリサー」と由衣の声がした。

「なに見てるの？」

向かいの店から出てきた由衣が、アリサの手にしている服を見る。

「あっ、これ、かわ……」

「うわっ、この服とか誰（だれ）が着るの？　ないわー」

由衣のバカにしたような声に、アリサは言いかけた言葉をのみこんだ。

他の子たちも、「なになに？」と集まってくる。


「ダッサー。こんな服着てるやついたら、引くよねー」

「アリサ、なんでこんな服、見てたの？」

「えっ、あ……えっと……ダ、ダサいなーって……」

取りつくろった笑顔のまま、アリサは手にした服を隠（かく）すように後ろにまわした。


（やっぱり、ないんだ……）

どうして、ダメなのだろう？

こんなにかわいいのに。笑うほど変ではないはずだ。


「ああっ、でも三浦とか着てんじゃないの？」

「着てそーっ。男子ウケ、狙（ねら）ってるもん。学校にリボンつけてくるとかなくない？」

「ないない。私かわいいでしょアピール？」

由衣たちは、「キャハハ」とよく響く高い声で笑い合っている。

（なんで、加恋の悪口なんて。関係ないのに……）


「アリサも、そー思わない？」

「え？　ああ、うん……どうかな」

同意を求められたアリサは、視線をそらしながら曖昧な返事をした。

「アリサもー、気をつけたほうがいいよ？」

顔をのぞきこんできた由衣が、ニコッとほほえむ。まるで、悪気のない笑顔だった。

「あの子、ウソつきで、性格悪いから」


――え？


彼女たちは、「次どこ行く？」と楽しそうに話しながら歩き出す。

一人立ち止まったまま、アリサは自分の足もとを見つめていた。

（そんなことない。加恋は、ウソつきなんかじゃ……）

更衣室でも、話しかけてくれた。性格だって少しも悪くない。

加恋はなにも悪いことなんてしていないのに。

かわいくて、男子に人気があるから？

それだけで、嫌われなくてはいけないのだろうか？


こんなことはいいはずがないと分かっているのに。

なにも言えない。それどころか――。


「アリサ」

不意に名前を呼ばれて、肩をポンと叩かれる。

びっくりしたアリサは、「わっ！」と声を上げて飛び退いた。

その大げさな驚き方に、声をかけた加恋のほうが目を丸くしている。


「加恋っ!!」

心臓の鼓動が、急に速くなったのが分かった。

駅前のショッピングモールは、アリサの学校の生徒たちもよく利用するから、加恋がいてもおかしくはない。けれど、ちょうど噂話をしていたところだったから、なおさらびっくりした。

今の話、聞かれていただろうか？

(どうしよう。なにか言わなきゃ。なにか……)

「か……買い物？」

「うん、そう。アリサは？」

加恋は学校にいる時とは違って、楽しそうな表情だ。

ヒョイと後ろをのぞかれて、アリサはあせる。

「これはっ、ただ、見てただけだから！　私が着るんじゃないから」

さっき、由衣たちにも『ない』と言われたばかりなのに。

加恋もダサいと思うだろう。

「そういうの、憧れちゃうよね」

クスッと笑った加恋の言葉に、服を戻そうとしたアリサの手が止まる。

おたがいに顔を見合わせ、恥ずかしさをごまかすように笑みをつくった。

「似合わないんだけどね」

「似合わないんだけどね」


(ああ、なんだ)

加恋は笑わないでいてくれる。同じように思ってくれる。

(私たち、なんだか似てるのかも)


加恋にも気持ちが通じたのか、二人して声を我慢しながら笑い出す。

楽しい。由衣たちといる時とは違う。自分をつくらなくていい。心が軽い。

(もしかしたら、本当に加恋となら……)


「アリサ、なにしてんの? 行くよー」

先にエスカレーターの前に移動した由衣たちが、アリサを呼ぶ。

「あ、う、うん……」

アリサは迷うように、小さな声で答えた。

（もう少し、加恋と話したい。でも……）

「一緒だったんだ」

加恋は笑みをスッと消すと、それ以上なにも言わずに離れていく。

「あっ、加恋。待って……」

「アリサー？」

いらついたような由衣の声に、アリサは伸ばしかけた手を引っこめた。

足はその場から動かない。

（なんで、追いかけないの？）

心の中で、もう一人の自分がなじるように問いかける。

仕方ない。今は由衣たちのグループにいる。

今抜ければ、裏切り者だと思われて、今度は——。

アリサは待っている彼女たちに、「ごめん」と笑顔でかけよる。

——卑怯者。

誰かが耳元でそう、ささやいたような気がした。

はぁ⁉ 何で俺がっ‼
って…一体 何を見んだよ！

Preparation5
~準備5~

◇◆Preparation5♡～準備5～◆◇

放課後、人気のなくなった廊下を歩きながら、健はポケットから携帯を取り出した。

いつもならしつこいくらいに入っているメッセージが、今日に限って一件もない。

二年生の教室に向かうと、中から媚びるような声と一緒に笑い声がもれてくる。やっぱりまだ残っていたのだろう。

（ああ、なんだ。そういうことか……）

健が遠慮なくドアを開くと、教室の隅で顔を寄せ合っていた二人が、ハッとしたようにふり向いた。

他に生徒の姿はない。笑い声が消えた教室に、気づまりな重い沈黙が流れる。

最初に口を開いたのは、彼女と一緒にいた二年の男子生徒だ。

「もしかして、こいつってさー。お前が最近遊んでたって言う一年のやつ？」

男子生徒はにやついた笑みを浮かべて、彼女の肩をこれ見よがしに引き寄せた。

それを押しのけた彼女の顔には、動揺の色が浮かぶ。


こちらを見ようともしない。

目を合わせられないのだろう。それはそうだ。

「……カレシだよ……」

彼女の言葉が、ひどく白々しかった。


「つまんないやつって、さっき言ってたじゃん」

「そんなこと、言ってない！　だいたい、急に言いよってきたのはそっちでしょ」

「はぁ？　誘ってきたのお前のほうじゃん！」

「私、そんなことしてない!!」

言い合いを始める二人を、健は立ち止まったまま冷めた目で眺めていた。

感情的になった彼女につられて男子生徒も声を荒らげる。

（あー……もう、いい。黙れよ）

健は前髪をかき上げると、深く息をはいた。

そばのドアを蹴りつけると、その音に二人がビクッとして口を閉ざす。


「センパイ、ごめんね」

告白された時と変わらないにこやかな笑みを浮かべながら、健は口を開いた。

「俺、今、センパイを引き止める理由を考えてみたんだけど」

「……え？」

「一つも思いつかなかったんだよね」


「なにそれ。どういう……」

「だから、もういいや。さよならしよーよ」

顔を強ばらせる彼女にあっさり告げて、身をひるがえした。

「えっ、ちょっと待ってよ……なんで……ひどいよ！」


（ひどい？　裏切ったのは、そっちが先だろ）

背中に投げつけられたののしり声も、廊下まで聞こえてくる泣き声も、もう全部、わずらわしくて仕方なかった。

健は笑みを消し、廊下を歩いていく。

足が止まったのは、一年生の教室の前まで戻ってきた時だった。

静かに差しこむ斜陽に気づいて、窓のほうを見る。

最初から気持ちなんてどこにもなかった。

(裏切っていたのは俺も同じか……)

窓から目をそらして、健は歩き出した。

初めて女の子に告白したのは、小学生の時だった。

『ごめんね……』

困ったように、小さな声でそう言って離れていった子の名前も、正直もう忘れてしまった。今となっては、『なんで、あの子に告白したんだ？』と思うくらいだから、たいして本気でもなかったのだろう。

それなのに、あのころを思い出すとたまに胸にジクリと痛みを覚えるのは、弱虫ながら、精一杯ふり絞った勇気が、簡単に捨てられてしまって、自分にも、その子にもがっかりしたからだろう。


キラキラした石を拾って、これは宝物に違いないと大切にしてきたのに。

それがある日、ただのなんの変哲もない石ころだったことに気づいてしまった時のような。

急に、興味も輝きも失せてしまって、もう見向きもしなくなってしまうような。

そんな、失望感――。


あのころよりは、もう少しうまくやれるようになったと思っていたのに。

また、同じことのくり返し。自分にも相手にも失望して、『もういいや』と全部投げ出して。

しょせん、こんなものかと、またあきらめている。

憧れるような恋愛なんて、現実にはどこにもない。

告白してみても、付き合ってみても、気持ちなんて通い合ったためしがなかった。

（ほんと、笑うよな……）

こんな散々な経験ばかり。

◆ ◇ ♡ ◇ ◆

学校を出て駅に向かうころには、日が落ち始めていた。

健は歩道橋の手すりに寄りかかりながら、携帯を取り出す。

信号が変わったのか、停まっていた車がいっせいに走り出した。

電話をかけながら、健は月の影が薄らと浮かぶ夜空を見上げる。

「あー、もしもし？　俺だけど……今、なにしてんの？」

いつもどおりの軽い口調でたずねると、相手の声が返ってきた。

迷惑そうなその声に、なんだかホッとした。

「……俺？　俺は駅前。ちょーどヒマしてたとこ」

吹き抜けていく風は、街の雑多なにおいがする。

あおられる髪を手で押さえながら、声のトーンを少し落とした。

「なぁ、付き合ってよ」

通話が終了すると、健は携帯をポケットに押しこむ。

そして、手すりに手を滑らせながら、ゆっくり歩道橋を渡っていった。

◆◇♡◇◆

立ちよったゲームセンターは、学校帰りの学生たちの姿が多かった。

頭の痛くなるような騒音と笑い声が店内に響いている。

「あーっ、くそっ、また負けた!!」

レーシングゲームのシートに座っていた虎太朗が、仰け反るようにして悔しそうな声を上げた。

そんな虎太朗の隣で、健はハンドルに寄りかかりながら笑う。

「虎太朗、お前、またビリじゃん！」

「シバケンがゴール間近でバナナの皮投げつけてこなかったら、俺のほうが先にゴールしてたんだよ！」

「見事に踏んでスピンしたよなー。虎太朗、おもしろすぎ」

お腹がよじれるほど笑っていると、虎太朗の右隣に座っていた幸大もプッと吹き出した。

歩道橋で電話した時、虎太朗も幸大もちょうど部活を終えて学校を出たところだった。

その二人を誘ってゲームセンターに来たのは、ちょっとした憂さ晴らしだ。

「幸大、お前は強すぎんだよ。勝負になんねーだろ⁉」

周りの音が大きいため、虎太朗の声もつられて大きくなる。

五回目の勝負だが、幸大が一着で、健が二着、虎太朗が三着と順位は揺るがない。

「まあ……君ら相手に負ける気はしないよね」

『ＹＯＵ　ＷＩＮ！』の文字が表示された画面を前に、幸大はクイッとメガネを指で押し上げた。

「どんだけやりこんでんだよ？　夏樹といい勝負だな」

虎太朗がハァとため息をつきながら、あきれたように言った。

「次、コインゲームしよーぜ！」

シートから立ち上がった健は、脇に置いていたバッグを拾って移動する。

「シバケン、お前、飽きるの早すぎだ！」

「何回やっても、虎太朗がビリなのは変わんねーじゃん」

そう言って笑いながら、コインゲームのフロアに向かって移動する。

幸大と虎太朗も、バッグをつかんでやってきた。

その途中、健は「おっ！」と足を止める。

クレーンゲームの機械の前だった。

中に並んでいた特大のシロクマのぬいぐるみに、つい引き寄せられる。

「なにやってんだ？」

ゲーム機の前から動かないでいると、虎太朗が横からのぞきこんできた。

「あー、悪い。ちょっと待って」

健はズボンの後ろポケットから財布を取り出し、小銭を投入する。

「でかっ！　これ、いくらなんでも無理すぎじゃねーか？」

「取れないものは、入れてないって」

ボタンを操作しながら、慎重にクレーンを移動させる。

けれど、ムギュッとシロクマの腕をはさんだだけで、持ち上がる気配すらない。

クレーンはなにも運ばないまま戻ってきて沈黙してしまった。

ケースをのぞきこんでいた健と虎太朗は、顔を見合わせる。

それから三十分——。

「シバケン、よせ、やめろ。正気に戻れ！」

小銭を投入しようとする健を、虎太朗が後ろから必死に羽交いじめにする。

「このシロクマ、絶対取る！　意地でも取る！」

「幸大、お前も見てないで、なんとかしろよ！」

虎太朗が助けを求めると、傍観していた幸大が「仕方ないなぁ」と、前に進み出た。

そして、自分の財布から取り出した小銭をチャリンと投入した。

「えっ、おい、幸大？」

虎太朗の隣で、幸大はトントンとボタンを操作する。その手つきは慣れたものだ。

クレーンは移動すると、シロクマの首のあたりをしっかりホールドし、そのままゆっくりと持ち上げる。

固唾をのんで見守る虎太朗と健の目の前で、シロクマがボスッと取り出し口に落ちてきた。


「「お……おおおおおーっ!!」」

健は虎太朗と一緒になって思わず歓声を上げる。

幸大は落ちてきたシロクマを無造作につかみ出すと、「はい」と健に差し出した。

「ヤバッ。俺、今……胸がキュンとしたかも。お前のこと、好きになりそー」

受け取ったシロクマを、健はムギュッと抱きしめる。

見た目どおりに、モフモフした気持ちいいさわり心地だ。

「いや、ならなくていいから。気のせいだから」

「すげーな、幸大。俺も絶対無理って思ったのに」

虎太朗も感心したように幸大を見る。

「フツーに取れるでしょ？」

「「取れねーよ!!」」

同時に言うと、虎太朗と健は同時に笑う。

（……やっぱ、楽しいよな。こいつらといるの）

バカやって騒いでいれば、余計なことを考えなくてすむ。

そのほうがずっと気楽だ。

◆◇♡◇◆

ゲームセンターを出たころには、空はすっかり暗くなっていた。

ショーウィンドウの明かりが照らしている歩道を、三人並んで歩く。

電車の通り過ぎる音が、駅のほうから聞こえてきた。

「シバケン、それ、恥ずかしくねーの？」

隣を歩きながら、虎太朗がいつもより声を小さくしてきいた。

「なーに言ってんだよ。こーゆーのは見せびらかしながら歩くからいいんじゃん」

特大のシロクマを脇に抱えながら、健はニヤッと笑う。


「あれ、かわいいー！」

「ほんとだ。いいなー」

思い切り目立っていて、女の子たちとすれ違うたびにそんな声が聞こえてくる。


「虎太朗、幸大、このままカラオケ行こーぜ！」

「まだ、遊ぶのかよ⁉」

「明日から二連休だろー？　もったいねーよ。このまま、帰るなんて」

健は「おいていくぞー」と二人に声をかけ、さっさと歩き出した。


「幸大、どーすんだよ？」

後からゆっくりやってくる幸大をふり返って、虎太朗がたずねた。

「行くよ」

「いいのかよ？」

「色々あるんでしょ。シバケンにも」

幸大がポンと虎太朗の肩を叩く。

「虎太朗は用事があるなら、無理しなくていいよ」


「ったく、しょーがねーなー……」

虎太朗は頭をかきながら、幸大と並んで健の後についていく。

そんな虎太朗を見て、幸大がクスッと笑った。

「付き合いいいね」

「お前だろ」

◆◇♡◇◆

「シバケン、二年生のカノジョと別れたんだって？」

「じゃあ、今度は私と付き合ってよー」

クラスの女子たちがワイワイ言いながら健のもとにやってきたのは、休み明けのことだ。

(いったい、誰から聞いたんだ……)

健はうんざりしながら、彼女たちと連れ立って教室に向かう。

まだ朝のホームルームまで時間はあるため、教室も廊下も騒がしい。


「あのさー。他人事だと思って、おもしろがんないでくれる？　これでも、わりと傷心なんだから」

「えーっ、もしかして、捨てられたのー？」

「浮気されたんでしょー？　かわいそー」

遠慮のない言葉がブスブスと胸に突き刺さり、健の頬が微妙に引きつった。


(捨てられてねーよ。ふったのはこっちだっての！)

キャハキャハと笑う女子生徒たちに軽くキレそうになりながら足を速める。

その途中、虎太朗のクラスの女子たちとすれ違った。

「あー、あの子、ほんとウザいよね」

「この前の体育の時間もさー……」

「えーっ、それ、最悪！」

誰かの悪口で盛り上がっているのだろう。

一番後ろを歩いているのは、神社ですれ違ったあの子だ。


「ねー、アリサもそう思うでしょ？」

うつむいたまま黙っていた彼女は、急に話をふられてハッとしたように顔を上げる。

無理やりつくったような笑みを浮かべると、「だよね……」と相づちを打っていた。

そんな反応に白けたのか、他の子たちはもう彼女に話しかけようとしない。

友達というには、あまりにもよそよそしい雰囲気だった。


（アリサって言うのか、あの子……）

彼女はまたすぐにうつむいて、笑みも消して、重たい足取りで後をついていく。


神社の階段ですれ違った時には、うれしそうにしていたのに。

今は顔を曇らせ、少しも楽しそうではなかった。

他人に合わせて、笑顔で取りつくろって。

泣きそうになるくらいなら、やめてしまえばいいのに。


「……できねーよな」

つぶやいた健のくちびるに、苦笑(くしょう)がにじんだ。

誰だって、自分の小さな居場所を守るために必死だ。

そのために、好きでもない自分を演じている。

自分だってそうだ。

Preparation6
~準備6~

◇◆Preparation6♡～準備6～◆◇

翌日の体育の授業の後だった。

アリサが更衣室で着がえをすませ、少し遅れて教室に戻ってみると、いつもと様子が違う。

空気がざわついていて、どこか重かった。

なんだろうと思いながら中に入ったアリサは、ふと席についている加恋のほうに視線を向ける。その瞬間、「あっ」と声が出そうになった。

うつむいている加恋の机には、心ない落書きが書かれていた。

その上に、加恋の頰を伝った涙がポタポタと落ちる。

声を上げて泣きたいのを必死にこらえるように、彼女はくちびるをかんでいた。

「ひどーい、誰がやったの？」

聞こえよがしに誰かが声を上げると、教室の後ろに集まった女子たちがクスクス笑う。

男子たちは「ひでー」と言いながらも、ただ遠巻きにして眺めているだけだ。
(加恋……)
アリサは進み出て、「ねぇ……」と声をかけようとした。
「アリサ、なにしてるの？　次、移動教室だよ」
とがめるような女子の声にピクッとして、伸ばそうとした手が止まる。
顔を上げると、由衣たちがアリサをジッと見ていた。
(声をかければ、私も……)
アリサはのどもとまで出かけていた言葉を無理やりのみこんで、加恋のそばを離れる。
(これでいいの？)
ずっと頭の中で責めるような自分の声が聞こえていた。
(だって、仕方ないじゃない。私にはどうにもできないよ)
そんな都合のいい言い訳を、心の中で必死にくり返す。

「ちょっと可愛いからって、調子のりすぎ」

「ねー、アリサもそう思うでしょ?」

押し黙っていたアリサに、いっせいに視線が注がれる。

のどがしめつけられたように、息苦しかった。

「だよねー……」

アリサは愛想笑いをつくって、小さな声で相づちを打つ。その時だった。

「私がなにしたって言うの!? もうやめてよ……やめてよ!!」

席に座ったままの加恋が、悲鳴のような声を上げる。

我慢していたものが、プツンと切れたように。

その声に、アリサは動けなくなった。


両手で顔をおおいながら泣き崩れる加恋に、周りの女子たちは「なにあれ」と冷ややかな目を向ける。

「私たちがイジメてるみたいじゃない」

「証拠なんてないのに、ひどーい」

由衣たちは、キャハキャハと笑いながら教室を出ていく。

教室には加恋の泣き声と、気まずい空気がしばらく漂っていた。

(声かけなきゃ……でも、なんて?)

あの子たちに合わせて、一緒になって悪口を言いながら、「大丈夫?」なんて白々しく声をかけるなんてできない。

傷つけたのは同じだ。なにも変わらない。

(それなのに、今さら、いい顔なんて……)

自分が標的になることが怖くて、知らない顔をしていたくせに。

いつまで、こんなことを続けるのだろう?

いつまで、こんなことを続けていればいいのだろう?

加恋を傷つけたくせに、まだ自分を守ろうとしている。

(こんな自分、きらい。きらい、全部、きらい、大きらい。もういや……)

どうして、こんなに弱いのだろう?

卑怯者。
臆病者。

(ズルいよ……自分のことばっかり)

弱くて、怖くて……逃げる。

アリサは身をひるがえし、教室を飛び出す。
心が張り裂けそうで、叫び出したかった。

◆ ◇ ♡ ◇ ◆

階段をかけ上がって屋上に向かうと、ドアを開いて外に出る。
かけよったフェンスにしがみつき、アリサはありったけの声を張り上げた。

「最低っ………私は最低だ!!」

(どうして言えなかったのかな?)

声をかける機会なら、今までいくらでもあったはずなのに。
給食の時も、『一緒に食べよう』と誘(さそ)えばよかった。
もっと早く、『友達になろう』と言えばよかった。
さっきも、『こんなこと、やめなよ』とみんなに言うことはできたはずなのに。
勇気がなくて、全部、全部のみこんだ。

どれか一言だけでも言っていれば、変わっていたかもしれなかったのに。
今のようにならずにすんだかもしれないのに。
フェンスをつかんだままうつむくと、涙がこぼれてコンクリートにシミをつくる。

一人になるのがいやだった。友達がほしかった。

それだけだったのに。

どれほどの痛みを超えて、大人になるの？

壊れてた優しさが涙を流してる。

ねえ……誰か。

教えてよ——。

◆
◇
♡
◇
◆

屋上の給水塔の上は、見晴らしがいい。

今日のような快晴の日は昼休みを過ごすのにもってこいの場所だった。

そのため、ここ最近は昼休みになると、健は幸大と虎太朗を誘ってここに来ることが多かった。

「午後からの授業がダルいー……」

虎太朗は縁に寄りかかって仰け反っているし、幸大は今日発売になったばかりの漫画雑誌に黙々と目を通している。

そんな二人の隣で、健は携帯を意味もなくいじっていた。


「っていうか、俺らなんで集まってんだっけ？」

「ヒマだからじゃない？」

虎太朗のぼやきに、幸大が律儀に返事する。

「なんか、不毛だよなー。あー、走りてー……」

「筋肉つけても、瀬戸口にはモテないと思うぞー」

健が携帯を見ながらからかうと、虎太朗はすぐに赤くなった。

「だから、なんでそこで雛が出てくんだよ！」

「まーまー、虎太朗。シバケン、今、失恋中でやさぐれてるから。許してやりなよ」

ポンポンと、幸大が虎太朗の肩を叩く。

「えっ、マジで⁉　というか、シバケン、付き合ってた女子いたのか⁉」

「幸大、お前さー。後でトイレ呼びだし決定なー」

（っていうか、なんで幸大まで知ってんだ？）

健は携帯からふと顔を上げる。


その時、屋上のドアが勢いよく開いて、誰かが出てきた。

「あれ……あの子、虎太朗と同じクラスの子じゃない？」

「ん？」

幸大に言われて、虎太朗がふり返る。

「ああ、なんだ……高見沢か」


二人の会話につられて下を見れば、そこにいたのはアリサだった。

彼女は周りに誰もいないと思ったのだろう。フェンスにかけより、むせび泣きしていた。

周りが静かな分だけ、その声がより周囲に響（ひび）く。


「おーい、どうし……」

「無神経だぞ。バーカ」

声をかけようとした虎太朗を、健がさえぎる。

最低だと、自分の胸にナイフを突き立てるような叫び声に、こちらの胸までズキンと痛むような気がした。

誰にでも、はち切れそうになっている感情を、全部、空になるまではき出してしまいたい時はある。


しばらく聞こえていた泣き声も、だんだん小さくなっていく。

アリサは泣き疲れたように空を仰ぐと、頬をぬぐってからドアに引き返していった。

彼女がいなくなった後も、屋上には妙に居心地の悪い沈黙がしばらく残ったままだ。

「虎太朗、あの子と同じクラスなんだろ？　しっかり見ててやれよ」

「はぁ!?　なんで、俺が……って、いったい何を見んだよ？」

「とにかく頼んだぞ」

「シバケンって、女の子に対しては優しいよね。僕ももっと優しくされたいなー」

健は幸大の言葉に目を丸くしてから、「何言ってんだよっ!?」といつもの軽いノリに戻る。

「俺達、親友だろ!!」
肩を組むと、二人は「また、そんな適当なことを」とでも言いたそうに微妙な表情になる。

もっと、気楽にしていればいいのに。
ただの学校、ただの友達付き合いだ。
楽しく笑って過ごせれば、それでいい。

(なんで、それだけのことが、こんなに難しいんだろうな……)

Preparation7
~準備7~
高見沢アリサ
2月3日生まれ　みずがめ座・B型
中一。中学では女子グループに
とけこむつもりだった。
実家は神社。虎太朗を信頼する。

◇◆Preparation7♡～準備7～◆◇

授業が終わると、チャイムが鳴り止まないうちに生徒たちが教室を飛び出していく。

四月も終わりになれば仮入部期間も終わって、みんな本格的に入る部活を決めたようだ。

アリサは今のところ、どこの部活にも入る気になれず、学校が終わるとすぐに帰宅していた。

学校にあまり残っていたくなかった。

部活に向かう生徒たちとすれ違いながら、気づけばまた足もとばかり見つめている。


加恋に対するいやがらせは、日に日にひどくなっているような気がする。

体操服が掃除道具入れの中に放りこまれていたり、上履きに牛乳を入れられたり……。

黙ったまま、上履きを洗っていた加恋の姿を見かけたのに、声をかけられなかった。


きっと、加恋はもう、笑いかけてくれない。

他の子たちの仲間になって笑いものにしている、と思っているだろうから。

なによりも、「そうじゃない」と言い切れない自分が一番、情けなかった。
なんとかしたい。でも、なにをどうすればいいのだろう？
加恋がイジメにあっていると、先生に訴えたところでどうにかなるとは思えなかった。
言えばもっと騒ぎになって、加恋が教室にいづらくなるだけだろう。

小学校の時もそうだった。
クラスでイジメられていた子がいて、そのことを先生に教えたことがある。
けれど、イジメはなくならなくて、陰口がいっそうひどくなっただけ。
いつもそうだ。正しいと思って行動しても、裏目に出てしまう。
だから、なにもしないで、ただその場に合わせておくのがいいのだと思った。

加恋のことに自分が首を突っこんでも、きっとろくなことにならない。
事態を悪化させるくらいなら、なにもしないでいるほうがいい。
同じ間違いを、したくない。

（でも、それでいいの？）

このままなにもしないでいても、もっとイジメがひどくなるかもしれないのに。

ただ見ていることが、本当に正しいのだろうか？

（誰かに相談してみる？）

でも、誰に？

相談する相手なんて誰も——。

「雛、待てよ！」

耳に飛びこんできた声に、アリサはゆっくりと顔を上げる。

ちょうど、虎太朗が他のクラスから出てきたところだった。

「榎……」

気づけば、足がフラッと前に出ていた。

「もー、なによ！」

不機嫌そうに答えたのは、同じ一年の女子だ。

虎太朗はアリサに気づかないまま、その子を追いかけていく。

「今日、部活、出んのか？」

「そーだけど？」

「俺も部活出るから、終わったら、一緒(いっしょ)に……」

「いやですーっ。友達と帰る約束しちゃったもん」

「えっ、なんでだよ⁉」

「なんでって、帰りにクレープ食べにいくからだよ」

「あっ、おい、雛。待てよ！」


アリサは廊下(ろうか)のすみで立ち止まり、遠ざかっていく二人の姿を見つめていた。

親しそうな二人だった。

おたがいに言いたいことを言い合える。そんなつながりが、ちゃんとあるのだろう。

雛と呼ばれていたその子は、他の子に声をかけられると、楽しそうにしゃべりながら階段を下りていった。

（ああ、いいな……）

きっと、あの子は性格も良くて、明るくて、友達も多いのだろう。

クラスの中でもうまく自分の居場所をつくれていて、イジメなんて無縁で——。

虎太朗もそうだ。

あの二人は、暖かい日の当たるところにいる。

「私はなんで、こうなの……？」

そんなつぶやきが、ポロッと口からもれた。

自分はずっと……ずっと、寒い暗がりの中にいるみたいだった。

抜け出したいのに。どうやって抜け出せばいいのかわからない。

（どうしたらいいの？　教えてよ……お願いだから）

誰か——。

アリサは身をひるがえし、うつむいたままかけ出す。

その途中で、誰かの肩にぶつかったけれど、顔を上げて謝ることもできなかった。

誰か――助けて。

◆
◇
♡
◇
◆

「ねー、聞いてる？　シバケン」

「あー、悪い。なんだっけ？」

「もー。聞いてないじゃん！　今日の帰りの話！」

健が隣を歩く女子の話を聞き流しながら廊下を歩いていると、走ってきたアリサと軽くぶつかった。

下を向いていたから、こちらの存在に気づかなかったのだろう。

「あっ、おい……」

声をかけたが、彼女の耳には届かなかったようだ。

思いつめたような表情で、立ち去っていく。

「なに、あの子。ぶつかったくせに謝らないとか、ひどくない？」

腕にしがみついていた女子が、ムッとしたように言った。

「……ぶつかってないって」

「えーっ、ぶつかってたじゃん」

「俺がそう言ってんだからいいんだよ」

「なに怒ってんの？　シバケン」

ポケットに手をしまうと、健は不機嫌に黙りこんで歩き出す。


(下ばっかり見てちゃ、気づかないだろ)

助けたいと、そう思っている誰かがいても……。

◆◇♡◇◆

(学校、行きたくないな……)

次の日、アリサは朝から憂鬱で、体がどうしても動いてくれなくて、初めてずる休みした。

「アリサー、大丈夫？　熱があるなら、解熱剤飲みなさいね。それとも病院に行く？」

部屋をのぞいた母が、心配そうに声をかけてくれる。それが、申し訳なかった。

「ううん……大丈夫。ちょっと頭、痛いだけだから」

「そう？　お母さん買い物行くけど、おじいちゃんはいるから。なにかあったら言いなさい」

「うん……」

ドアが閉まると、深くため息をつきながら座卓につっぷす。

「ウソ、ついた……」

クラスメイトにも、親にも、ウソばかりだ。

(でも……行きたくない。学校なんてきらい)

こんな風に閉じこもって逃げている自分は、もっときらいだ。

『人に合わせてばかりだと、それは私の人生じゃないですから……』

消し忘れたままのテレビから聞こえてきたセリフに、アリサはゆっくり頭を起こす。

映っていたのは、長い髪をツインテールにしたモデルの子だった。

瞳をキラキラさせながら、アナウンサーのインタビューを受けている。


（ああ、この人、知ってる……）

プリンのＣＭに出ていた女の子。ファッション誌でもよく見かける。

成海聖奈――。

テロップに名前が出ていた。


『好きなものは好きって言いたいです』

そう言うと、聖奈はニコッとほほえんだ。

『きらってばかりじゃつまんない』

自分に向かって投げかけられたようなそのセリフに、アリサは画面から目が離せなかった。

『胸を張って、これが「私」って誇れるような自分になりたい。そうじゃなきゃ、きっと他の人にもいいなって思ってもらえないもの。だから、私は自分の気持ちに正直でありたいんです』
彼女ははにかむように頰を赤く染めながらも、はっきりしたよく通る声で答える。
まっすぐ、自信に満ちた瞳を画面に向けて。

(こんな人もいるんだ……)

自分と同じくらいの歳なのに。

この人はプライドを持って、自分の歩きたい道を、しっかりと迷いなく歩いている。

学校なんて狭い世界の中で、縮こまったままどこにも行けないでいる自分とは大違いだ。


世界はこんなにも広くて、どこへでも行ける——。


(それなのに、いつまで小さな世界の中に閉じこもっているの?)

やろうと思えばなんだってできるのに。どんな自分にだってなれるのに。


「ああっ、もう!! こんなのらしくないでしょ!」

アリサは声を上げげて、勢いよく立ち上がった。

『嫌ってばかりじゃつまんない』


その言葉に、心が熱く強くつき動かされ、部屋のクローゼットを開く。

引っ張り出したのは、ショッピングモールで一目惚れした服だ。

由衣たちには笑われたけれど、あきらめられなくて、日曜日にもう一度買いにいった。


アリサは着ていたものを脱ぎ捨てて、新品のその服に初めて袖を通す。

大きな姿見の前で、左右に分けた髪の毛をギュッと結んだ。

鏡の自分を改めて見て、「あはは」と思わず声に出して笑う。

「似合わないなー」


加恋と一緒に、「似合わないんだけどね」と笑い合ったことを思い出した。

本当に、まったく似合っていない。いかにも女の子なこの服も、ツインテールの髪も。

やっぱり、聖奈みたいにはいかない。

自分はまだあんな風に、自信を持って好きなものを好きとは言えない。

でも――。
これでいいんだと思えた。
自分をごまかして生きるより、自分に正直に生きるほうがずっといい。
きらいな自分より、好きな自分でいるほうがずっといい。
もう、自分の心にウソはつかない――。
迷いと不安を脱ぎ捨てて、アリサは鏡の自分にそう宣言した。

人に合わせてばかりだと
それは私の人生じゃないですから
好きなものは好きって言いたいです

Preparation 8
〜準備8〜

◇◆Preparation8♡～準備8～◆◇

次の日、登校したアリサは、教室の前で深呼吸する。

(ここから、やり直す……)

決意をこめて顔をまっすぐに上げると、緊張した手でドアを開いた。


いつもと変わらない教室の風景。

加恋はうつむいたまま、誰(だれ)かに書かれた教科書の心ない落書きを、消しゴムで消している。

それを指さしながら、「きらいだわ」と笑っている女子たち。

関係ないとばかりに、黒板の前でふざけ合っている男子たち。

すっかり日常になってしまったその光景に、もう誰も違和感(いわかん)なんて覚えなくなってしまっている。

これが当たり前になってしまっている。

（違うよ……こんなの間違ってる）

これは『普通』じゃないって、誰かが声を上げなければ。


「このままじゃダメだって！」


臆病になりそうな自分をふるい立たせ、アリサは教室のみんなに聞こえる大きな声でそう訴えた。

にぎやかだった教室が、一瞬水を打ったように静まる。

全員の驚いたような視線が、アリサに向けられていた。


怖い――。

足が少しだけ震えている。

でも、踏み出した。もう、後には引けない。

ゆっくりと顔を上げた加恋と視線がぶつかる。

加恋はいっぱいに目を見開いて、アリサのほうを見ていた。

空まわってるかもね。

それでも、誰かに届け。

届け――。

少し泣きそうになっている加恋に、精一杯の気持ちをこめてアリサはほほえんだ。


チャイムが鳴り、生徒たちは自分の席に戻っていく。

「なにあれ、自分だけいい顔したいの？」

「内申点が気になったんじゃない？　優等生だし」

席に着こうとすると、そんな心ない声がアリサの耳に入る。

聞こえるように言っているのは明らかだ。

近くの席の子たちだ。彼女たちは目を合わさないようにしながら、クスクス笑っている。

（ああ、やっぱり、ダメだったんだ）

すぐにわかってくれるなんて、思っていたわけではない。
そんなに簡単なことではないと、わかっていたはずだ。
アリサは自分に言い聞かせながらも、うつむきそうになる。

「届いた」

後ろの席から聞こえたその声に、アリサはゆっくり顔を上げた。
（榎本……）
胸の奥がジンと熱くなり、自然と笑み（え）がこぼれる。
「うん……」
後悔（こうかい）ないけど……。
ないけど……。

虎太朗のクラスに足を運ぶと、いつもどこか、ギスギスとした空気に包まれていた。

昼休みに、虎太朗が幸大や健のクラスにやってくるのも、雛がいるからというだけではないのだろう。

教室内の雰囲気が悪くて、いたくなかったというのもあるのかもしれない。

◆
◇
♡
◇
◆

一部の女子が中心になって陰口を言い合ったり、嘲笑したり。

別に、珍しいことではない。どのクラスにでもあることだ。

男子同士のあいだにも、陰湿なイジメくらいいくらでもある。

くだらないと思いながらも、誰もがこの歪な状況を黙って受け入れてしまっている。

一度できあがってしまった空気や、生徒同士の関係を変えるのはたやすくはない。

面倒は背負いたくないから、都合の悪いことには目をつむり、なにも問題がないような顔をして、ただ笑って過ごしている。

（それがまあ、普通だよな……）

健は虎太朗や幸大といつものように雑談しながら、さりげなく一人、席についている女子生徒のほうに目を向ける。

その時だった——。

「このままじゃダメだって！」

教室に入ってくるなり、勇気をふり絞るように声を上げたのはアリサだ。

足を小さく震わせながらも、彼女は自分は間違ってないと主張するように、まっすぐ顔を上げた。

おどろいていたのは、自分たちだけではない。

一人でポツンと座っていた女子生徒も、顔を上げてアリサを凝視している。

そんな彼女に、アリサは恥ずかしそうにしながらも笑みを向けた。

「おはよう、加恋！」

加恋と呼ばれたその子は、瞳をうるませるとまたうつむいてしまう。

でも、小さな声で、「おはよう」と返していた。


「高見沢……」

虎太朗が呆気にとられたようにつぶやく。

「あっ、シバケン。教室、戻らないと。ホームルームの時間になる」

幸大がハッとしたように黒板の上の時計を見て言った。

鳴り出したチャイムに、生徒たちが急いで席に戻り始める。


「このままじゃダメ、か……」

自分たちの教室に引き返しながら、健はアリサの言葉を思い返していた。

左右でキュッとわけた髪型も、クラス全員に挑もうとするような強い眼差しも、きっと彼女の決意の表れなのだろう。

どういう心境の変化なのかは、わからない。

けれど、みんなに追従して笑っているよりも、つらそうにうつむいているよりも、屋上で泣き崩れているよりも。

——今のあの子のほうがずっといい。

◆ ◇ ♡ ◇ ◆

昼休みが終わって、午後の授業が始まっても、加恋は教室に戻ってこなかった。

アリサは気になって、空いている彼女の席に目をやる。

なにも変えられない。

由衣たちは加恋を無視して、悪口を言うばかり。

加恋がつらい時に、アリサはなにもできないままだった。

このままじゃダメだと、声を上げたのは自分のはずなのに。

違う——できることはあるはず。

「では、次の英文を……高見沢、訳してくれ」

英語の先生が、黒板にチョークを走らせてから、軽く手を払(はら)って生徒たちのほうを向く。

「高見沢？」

アリサがぼんやりしていると、後ろの席の虎太朗が消しゴムを投げてきた。

それはコンッとアリサの頭に当たって、机の上に転がる。

「高見沢？」

「あ、は、はい！」

当てられていたことに気づいて立ち上がると、アリサは教科書を急いで開いた。


（……今、行かなきゃ）

加恋は絶対、泣いている。

つらくなるとトイレにこもって泣いていたことを、本当はずっと前から知っていた。

知っていたのに、気づかないふりを続けてきた。

アリサは教科書をとじると、顔を上げて先生のほうを見た。

「どうした？」

「すみません。あの……トイレに行ってきます！」

他に教室を抜け出す言い訳を思いつけなかった。

ポカンとしている先生に頭を下げて、急ぎ足で教室を出ていく。

廊下に出てドアを閉めると、教室の中から生徒たちのドッと笑う声が聞こえた。


きっと、帰ってきたら、笑いものになっているだろう。

それでもかまわない。

今はそんなことよりも大事なことがある。

アリサは顔を上げ、誰もいない廊下を急ぎ足で通り抜けた。


人の出入りが少ない北棟のトイレに向かうと、奥の個室のドアが閉まっていた。

中から、押し殺した泣き声がもれてくる。

（やっぱり、ここにいた……）


「加恋」

ドアの前に立って呼びかけると、声がピタリと止んだ。

「いるんでしょ？」

「なんで……いるの？　授業中じゃない」

ドア越しに今にも消えそうな小さな声が返ってくる。

「加恋がいないから、私も抜け出してきた」

「……なんで……アリサには関係ないじゃない。私のことなんて、放っておけばいいでしょう」

「このままじゃダメだって気づいた。私が間違ってた。ねえ、聞いて、加恋。私、もう一度加恋と……」

「今さらだよっ！」

加恋が叫ぶように、アリサの言葉をさえぎる。

声が震えている。泣いているのだろう。

「ずっと、見て見ぬふりしてきたくせに。あっちにもこっちにもいい顔して、陰でみんなに合わせて私の悪口言ってたくせに。アリサってさ……ズルいよね？　今度は自分がいい顔するんだ。私に同情したから？　それとも、みんなが言ってたみたいに内申点が気になった？」

（仕方ない……仕方ないよ）

それだけのことをしてきたのだから、加恋がなじるのも当然だ。

だから、『そんなつもりじゃなかった』とは言えない。

アリサはドアに背を向け、視線を下げる。

「加恋の言うとおりだよ。私、ズルかった。弱くて、自分を守るのが精一杯（せいいっぱい）だった。そのせいで、加恋を傷つけた。ごめん……ごめんね」

（こんなことじゃ、きっと許してくれないよね？）

でも、他にどんな言葉で償（つぐな）えばいいのかわからなくて、必死に言葉をつむぐ。

今、自分が言える精一杯の気持ちを——。

「加恋が最初に声をかけてきてくれた時、本当にうれしかった。名前を呼んでくれた時も、すごくうれしかった。あの時、加恋と友達になりたいって思ったのは本当だよ。今さらだってのもわかってるし、都合がいいのもわかってる。でも、もう一度……もう一度だけ」

「やめてよ！」

はねつけるような声に、アリサは口をつぐんだ。

「つらくて、苦しくて、どうしようもなくて……誰か助けてってずっと、ずっと思ってた。でも、誰も助けてくれなかった。アリサだって、クラスのみんなだってそう！」

ああ、そうだ。その気持ちは知っている。

つらくて、苦しくて、どれだけあがいても、自分ではどうにもできなくて。

溺れるみたいに、誰かにすがりたくて、必死に手を伸ばした。

でも、誰も助けてくれなくて、叫ぶ声も届かない。

（私も知ってる……）

真っ暗な世界で、どこにも行けなくなっていた。

「きらい……大きらい。全部消えてなくなってしまえばいい！」

加恋の叫びと、泣きじゃくる声に、アリサも胸が押しつぶされそうになる。

「こんな暗くて狭い……世界…………もう、いや…………息が止まりそう」

「違うよ、加恋……世界は広くて、私たちはどこだって行けるんだよ」

あの日、テレビに出ていたあの人に、そう教えてもらった。
きらいなのは、本当は『誰か』じゃなくて、『自分』。
どうにもできなくて、閉じこもっていることしかできない、弱くて、無力な自分自身。
みんなとうまくやれなくて、受け入れてもらえなくて、きらわれてばかりいる自分。
いやなことをいやと言えなくて、愛想笑いばかりして、合わせているふがいない自分。
大きらいな自分を、全部、捨ててしまいたかった。

けれど、それではダメなんだと気づかされた。
きらってばかりじゃつまんない——。

学校の、それもたった一クラスの中だけが、自分たちの世界のすべてではない。
一歩踏み出せば、もっと広い世界がそこに広がっている。
それなのに、小さな世界に閉じこもって、自分をきらっているなんてもったいない。
暗闇の中にいると思っていても、顔を上げればちゃんと光は差しているから。

（だから、もう泣かないで……ねぇ、加恋。加恋……）

トイレのドアに寄りかかったまま、アリサは上を向く。

目頭にたまった涙が、こぼれて頰を伝った。

今度はもう、間違えないから。

絶対、間違えないから。

◆ ◇ ♡ ◇ ◆

週が明けて、五月に入った。

朝、教室に入ったアリサは、「おはよう」とクラスメイトに声をかける。

けれど、いつもなら、あいさつくらいは返してくれていた子たちも、気まずそうに離れていく。

そんないつもと違う空気にとまどって、アリサは教室の中を見まわした。

教室の後ろで、楽しそうに笑っているのは由衣たちだ。

その中に、加恋の姿を見つけて言葉を失う。

(加恋……)

今までの陰口もいやがらせもなかったように、加恋は輪に加わっている。


「何あの子。イメチェン?」

「そんなキャラだっけ?」

「何目立っちゃってんのー?」

「偽善者。まじウケる」

「あの髪、似合ってるつもり? ダッサーイ」

「勝手にすればーって感じー」

わざと聞こえるように声を大きくする子たちに、加恋も「だよねー」と相づちを打つ。

誰のことを言っているのか、一目瞭然だった。

(ああ、そうか……加恋は『そっち』に行ったんだ)

それを責める資格なんてない。自分だって同じだったから。
口の中に苦い味が広がっていくのを感じながら、アリサは自分の席に向かう。
カバンを置こうとして気づいた小さなメモを開くと、中傷の落書きがしてあった。
それを手の中でクシャッと握りつぶし、椅子を引いて座る。

やっぱり、こうなる気はしてた。
標的が変わり独りぼっち……。
私だけが、世界にいない。

「あーあー……」
上を向いて、自嘲と一緒に小さな声をもらす。
うつむくと、視界がぼやけた。
泣かない。
泣くようなことじゃない。
握りしめた手に、ポタッと雫が落ちる。

（また、こうなるんだ）

もう、一人はいやだ。そう思っていたのに、中学に入ってもまた同じことのくり返し。

クリアできないゲームを、やり直しているようだった。

何度やっても、バッドエンディングにしかたどり着けなくて、そのたびにリセットするのに、
同じルートしかたどれない。


（でも、いいや……）

今度こそ、自分の信じる選択をした。誰かに流されたわけではない。

自分の心にちゃんと従って決めた道。

その結果、バッドエンディングにしかたどり着けなかったのなら、仕方ない。

それがこのゲームの結末なんだと、そう思うしかない。

人は大人になるために、成長するために、きっと無傷ではいられないのだろう。

なにも変われなくて、また独りぼっちになっているけれど――。


でもなんだか不思議と怖くない。

今の私はきらいじゃない。
涙も痛みも全部のみこんで、少し強がりながら笑ってみせた。
うつむくのは、今日まででいいや——。

◆ ◇ ♡ ◇ ◆

放課後になると、開いた教室の窓から、吹奏楽部の練習の音が聞こえてくる。
それを聞きながら、アリサは中庭の花壇のそばにしゃがみこんでいた。
チューリップの葉を慎重にかきわけ、落ちているペンを拾い集める。
昨日、雨が降ったせいで土が濡れているから、手は泥だらけだ。
おまけに泥に埋まってしまっているペンは、もう使い物になりそうにない。
「こんなに威勢よくばらまくことないじゃないの！」
思わずぼやいて、ため息をつく。

今日の最後の授業は体育で、着がえをすませて教室に戻ってみると、机の脇にかけていたカバンがなくなっていた。

掃除道具入れやゴミ箱の中には見当たらず、廊下の窓から中庭をのぞいてみれば、花壇の中にカバンが放り投げられていた。

ペンケースの中身まで、ご丁寧にばらまいてあったものだから、こうして拾い集めてまわらなければならない。

由衣たちと一緒に笑いながら教室を出ていった加恋の姿が頭をよぎって、アリサは顔を曇らせた。

「これ、どうしたの？」

不意に後ろから声をかけられ、「え？」とふり返る。

（あっ……この子、榎本と一緒にいた）

膝に手をついてのぞきこんでいたのは、見覚えのある女子だった。

左右に分けた髪が、クルンとカールしている。

「雛ー、部活行くよ」

渡(わた)り廊下で待っていた友達が声をかけると、「先に行ってて！」と返事をしていた。

「ひどいことするね」

アリサの隣(となり)に当然のようにしゃがむと、雛はペンやノートを拾い始めた。


普通(ふつう)なら、関係ないと無視するだろう。

同じクラスでもない。おたがいに名前も知らない。

（それなのに、なんで……）


「部活……いいの？　私のことなんてかまってると、遅刻(ちこく)するんじゃない？」

「ああ、うん……早くしないとね！」

雛は腕時計(うでどけい)を確かめてから、拾い上げた教科書の土をパンパンと払(はら)う。

その手は、アリサと同じく泥だらけになっていた。

私のことなんて、放っておいていいから。

その言葉を、アリサはいつのまにかのみこんでいた。

「榎本の……彼女よね？」

ためらいがちにたずねると、雛は一瞬、目が点になっていた。

それから急にびっくりした顔になって、「えええええっ!?」と叫ぶ。

「誰が、誰の彼女!?」

「あなたが、榎本の……違うの？」

「全然、違う！　どうしてそうなるわけ!?」

「えっ……だって、仲がよさそうだったから」

「よくない！　虎太朗は、た・だ・の・幼なじみ！　家が偶然、不幸にも、隣同士だっただけ！」

心外だとばかりに、雛は頬をプウッとふくらませる。

「なんで私が虎太朗なんかと……」

ブツブツつぶやいてから、彼女はふと気づいたようにアリサを見た。

「もしかして、虎太朗と同じクラス？」

「まあ……そうね」

「まさか、虎太朗が言った⁉　私のこと……彼女とか……なんとか」

「言わないわよ。ただ、私がそう思っただけで」

「そうなんだ……あっ、でも本当に、勘違いだから！　虎太朗と私は、なんでもないから！」

雛は、「みんなに冷やかされて、いい迷惑なんだから」とため息をつく。

（ああ、なるほど。榎本の『片想い』か……）


「これで、全部？」

雛は周りに落ちているものがないか、もう一度見まわす。

アリサもカバンの中身を確かめてみたが、なくなっているのはあのパンダのマスコットくらいだ。

更衣室でなくした時につけ直したのに、また、切れてしまったようだった。

「なにか、なくなってる？」

「全部、あるみたい」

アリサはそう答え、カバンのふたを閉じた。

部活のある雛をこれ以上付き合わせるのは悪い。後で一人でさがせばいいだけだ。

「ああっ、ごめん。時間、遅れる！」

雛は腕時計にもう一度目をやってから、地面に置いていた自分のスポーツバッグをとる。

「ま、待って！」

立ち去ろうとする雛を、アリサは反射的に引き止めた。

雛が、「え？」とふり返る。


「な……名前……きいてもいい？」

ためらいがちにたずねると、雛は目を丸くしてからニコッと笑った。

「瀬戸口だよ。瀬戸口雛。そっちは？」

「高見沢……アリサ」

「じゃあね、高見沢さん」

手をふると、雛は部室棟に走っていく。

瀬戸口——雛。

アリサはその名前を忘れないように、心の中でくり返す。

（榎本と同じだね。優（やさ）しいんだ）

雛の姿が見えなくなると、快晴の空に瞳（ひとみ）を向けた。

光がまぶしくて、額に手をかざす。

あの子みたいに、『どうしたの？』と声をかけられていたら。

最初から、手を差し伸（の）べられていたら。

優しくできていたら——。

（私たちも、違ってたのかな？）

◆◇♡◇◆

放課後、中庭を通りかかった健は、アリサに気づいて足を止めた。

彼女は花壇（かだん）のそばにしゃがんで、ペンやノートを拾い集めている。そのくちびるはなにかを我慢するようにギュッと一文字に結ばれていた。
きかなくても、状況は見ればわかる。

(やっぱり、こうなるよな……)
そう思いながら、健は少しだけ視線をそらした。
クラスが違うし、話しかけたこともない。
彼女はこちらのことなんて、なにも知らないだろう。

今、声をかけたら、びっくりするだろうか?
警戒されるだろうか?
なんて声をかければいい?
なにしてんの?
手伝おうか?
あのさ、俺、虎太朗の友達で——。

彼女のほうに向かって、健は一歩だけ足を踏み出す。

渡り廊下を歩いていた雛がアリサに歩みよるのが見えて、それ以上進まなかった。

雛はアリサに声をかけると、一緒になって散らばっている物を拾い始めた。


声をかける理由をなくして、健はふっと息をはいてから足の向きを変える。そのまま裏門に向かおうとしたが、パンダのマスコットが落ちていることに気づいて身をかがめた。

（これ、あの子のだよな……）

アリサがバッグにつけていたのを、見かけたことがある。

ふり向くと、アリサは雛と話をしているところだった。


「なに、やってんだろな、俺……」

苦笑いまじりにつぶやいて、パンダのマスコットを握りしめる。


健が校庭に引き返すと、サッカー部と野球部が練習しているところだった。

ランニングしている一年生たちの中に、虎太朗の姿もある。

一緒にいてふざけている時の顔とは違う真剣な表情がおかしくて、健はひそかに笑った。

「おーい、虎太朗！」

声をかけると、虎太朗がチラッとこっちを見る。

練習を抜け出すと先輩ににらまれるからか、聞こえないふりを決めこんでいるようだ。

「虎太朗ー、榎本ー。コタくーん。コタちゃーん!!」

「うっせーっ！　なんだよ!!」


しかめっ面をした虎太朗が、ようやくかけよってくる。

健はふっと笑って、手に持っていたマスコットを虎太朗に投げ渡した。

「えっ、な、なんだよ？」

反射的に受け止めたそれを、虎太朗がとまどうように見る。


「高見沢って子のだから。お前から渡しといて」

「高見沢？　なんでだよ。自分で渡せばいいだろ？」

「じゃあ、頼んだぞー。コタちゃーん」

「その呼び方、やめろ!!」

健は笑いながらヒラヒラと手をふる。

その手をズボンのポケットにしまい、部員たちの元気なかけ声に背を向けて歩き出した。

◆◇♡◇◆

五月が終わるころになっても、アリサは一人きりでいることが多かった。

委員会の仕事が終わってから教室に戻ってみると、虎太朗だけが残っている。

「榎本……？」

声をかけると、虎太朗がギクッとしたようにふり向いた。手にしているのは雑巾だ。

「高見沢！　帰ったんじゃねーのかよ」

虎太朗はあせったように、背中でアリサの机を隠そうとする。

歩みよったアリサは、自分の机を見た瞬間、言葉が出なくなった。

落書きだらけになっていた机――。

その上に、消しゴムのかすが散らばっている。

「これ……」

「言っとくけど、俺じゃねーぞ！　俺はただ」

「わかってる！」

消してくれていたのだろう。目に入らないようにこっそりと。

今までも、きっとそうだった。

気づかないうちに、助けられていたのだ。

こんな風にいつも……いつも。

自然とあふれてきた涙を、アリサは手の甲で押さえる。

「えっ、おい、泣くなよっ！　こんなこと、たいしたことじゃねーよ」

虎太朗はうろたえたようにハンカチをさがす。けれど、見つからなかったのか、弱ったような顔をしていた。

違う。つらいわけじゃない。悲しいわけじゃない。

机の落書きなんて、気にしていない。

ずっと、一人だと思っていた。
一人で戦っているような気がしていた。
でも、そうじゃなかった。

（一人じゃなかった……。）
ちゃんと、言葉を受け止めてくれた人がいた。
届いたと言ってくれた人がいた。

そのことがうれしくて、温かくて、ただ、たまらなく泣きたかった。
うまくやれなくて、失敗ばかりで、誰かを傷つけて、誰かに傷つけられて。
ああ、もういいや……なんて、あきらめていた。
でも、やっぱり、誰かを信じていたい。

「ごめんね……榎本」

涙を手でぬぐい、アリサは顔を上げる。少し鼻声になったのが恥ずかしかった。

「別に……シバケンに見ててやれって言われたし」

虎太朗は腰に手をやりながら、ぶっきらぼうに答える。


「シバケンって？」

「ああ、いや……他のクラスのやつ。俺の友達……みたいなもん」

虎太朗は思い出したように、自分のズボンのポケットをさぐる。

「そうだ。これ、落としてただろ？」

虎太朗がアリサの手に渡したのは、あの日なくしたパンダのマスコットだった。

雛が立ち去った後、一人でさがしてみたけれど見つからなくてあきらめていたのに。


「私のだって、よくわかったわね」

「ああ、まあ……色々あって。とにかく、返したからな」


このマスコットはなくなるたびに、誰かとのつながりをつくってくれているような気がした。

それなのに、いつも間違えて、失敗して――。

今度こそ、大切にしたい。もう二度と、失わないように。

アリサは、マスコットを手の中に包み込んだ。

「……大丈夫か？」

気づかうようにたずねる虎太朗に、「うん」とうなずいた。それから、改めて虎太朗と向き合う。

「私、あんたが困っていたら、絶対助けるから！」

心に刻んだ、小さな決意――。

「なんだよ、それ……」

困ったように笑った虎太朗に、アリサは手を差し出した。

「友情の証！」

「意味わかんねぇけど……」

そう言いながらも、虎太朗はしっかりとその手を握りかえしてくれた。

「あっ、言っておくけど……そういうんじゃないから。勘違いしないでよね」

「お……おうっ」

ぎこちない会話に、二人して笑う。

机の落書きを、アリサは虎太朗と一緒に消す。

なかなか消えなくて、虎太朗が「くそっ！」といらだちの声をもらした。

そんな虎太朗の横顔を見ながら、アリサはふっと目を細める。

「榎本、あのさ」

「なんだよ」

「ありがと……」

慣れない言葉が照れくさくて、アリサは消しゴムでゴシゴシと落書きを消した。

何あの子
イメチェン？
そんなキャラだっけ

Preparation9
~準備9~
偽善者まじウケる
ダッサーイ
勝手にすればーって感じー

◇◆Preparation9♡～準備9～◆◇

『私、あんたが困っていたら、絶対助けるから！』

同じクラスの榎本虎太朗に助けられ、勢いあまってそんな『友情宣言』をしたのが五月半ば。

六月に入っても、高見沢アリサを取り巻くクラスの状況は変わらない。

無視されることも多いし、陰口を言われることもある。

ただ、以前ほどそのことが気にならなくなったのは、やっぱり虎太朗のおかげだろう。

クラスの中で、一人でも味方でいてくれる人間がいるというのは心強いものだ。

だから、アリサは自分も虎太朗の味方でいたいと思っている。

受けた恩は、きっちり返すのが人の道というものだと、常日頃から祖父に言われている。

なにか虎太朗の役に立つことをしたい。

そう思いながら日々過ごしているが、残念なことに虎太朗が困っている場面に遭遇することはあまりなかった。

虎太朗は自分と違って、クラスの中ではうまくやっていて友達も多い。

他のクラスにも友達がいるようで、よく集まって楽しそうにしゃべっていた。

その上、自分のことはほとんど自分でさっさとすませてしまう。

ゴミ当番の時に手伝おうとしても、いつの間にか片づけを終えてしまっている。

日直の仕事の時も周りの友達が手伝ってくれるようだから、アリサの出番はない。


（くっ……すきがない！）


恩返しをするのがこんなに難しいだなんて、これは想定外だった。

自分にできることと言ったら、給食当番の時、虎太朗の大好きなラーメンを他の生徒より少し多く盛りつけてあげることくらいだが、これでは恩返しとは言えない。


どうせなら、虎太朗にもなにかこう——。

『俺、高見沢のおかげで命を救われたぜ！』

と、言わせるくらいの恩返しをしたい。
虎太朗が自分にしてくれたことは、大げさでもなくそれくらいのことだと思っていた。

放課後、アリサが校舎を出て歩いていると、虎太朗が自動販売機の前にたたずんでいる。
ズボンのポケットから小銭を取り出して、思案しているようだった。

（これは、もしかしてチャンスなのでは⁉）

アリサは瞳を輝かせると、「榎本ーっ！」と手をふってかけよる。

「高見沢！」
「もしかして、小銭が足りない？」
下からのぞきこむようにしてニンマリ笑うと、虎太朗が「うっ」と仰け反った。
「なんで、そんなにうれしそうなんだよ？」

（図星！）

「で、いくら足りないの？　ねぇ、ねぇ、いくら？」

「じゅ、十円……」

視線をそらしながら、虎太朗がボソッと答えた。

「仕方ない、私が……」

アリサはにやけそうになるのを我慢しながら、ポケットに手を入れる。

しかし――。


「…………？」

「…………？」


虎太朗と顔を見合わせてから、反対側のポケットもさがしてみる。

「ない……」

「えっ、落としたのかよ」

虎太朗が少しあわてたようにきいた。

「お財布、家に忘れてきたんだった……」

そのことを思い出して、アリサはがっくりする。

こんな時に限って……。


虎太朗がプッと吹き出し、おかしそうに笑い出した。

「高見沢って、案外抜けてんなぁ」

「十円足りなかった榎本に言われたくない！」


「しょーがねーなー……」

あきらめたのか、虎太朗はポケットに小銭を押しこむ。

「のど、かわいてるんじゃないの？」

「公園なら水飲み場、あるだろ？」

スタスタ歩き出した虎太朗の後ろ姿を見ていたアリサは、「あっ！」と思い出して声を上げた。


「こっち！」

「お、おい、なんだよ！」

いいからと、虎太朗を引っ張って走る。

踏み切りの遮断機が下りていて、ちょうど電車が通り過ぎるところだった。

遮断機が上がると、アリサは虎太朗の腕をつかんだまま踏み切りを渡る。

その先に古い自動販売機が見えてきた。

「ここ！　ここの自動販売機、百円だから」

自動販売機を指さしながら、アリサは満面の笑みで虎太朗をふり返る。

虎太朗が「おおっ、マジで！」と、嬉しそうな声を上げた。

「高見沢、よく知ってんなー。こんなとこ」

「ま、まーねー……」

実はアリサも前に十円足りなくて、困ったことがあった。

その時、少しでも安く買える自動販売機はないかとさがし歩いてここを見つけたのだ。

虎太朗はさっそく百円玉を入れ、ソーダのボタンを押す。

コロンと缶が落ちてくると、にぎやかな音楽が鳴り始めた。

「おっ、やり。当たった！」

もう一度ソーダのボタンを押し、虎太朗は身をかがめて二本の缶を取り出す。

今時、当たりつきの自動販売機なんて、そうそう街中で見かけるものではない。

旧式の機械だから、百円なのだろうか。

「ほら」

虎太朗が一本を、投げ渡してきた。

アリサはびっくりしながら、両手を出して缶を受け止める。よく冷えていた。

「……いいの？」

「二本もソーダ飲めねーよ」

そう言うと、虎太朗は缶のふたを開けながら笑顔になる。

「それに、ここ、高見沢が見つけたんだし」

「あ……ありがと……」

小さな声で言ってから、アリサは自分の缶のふたをパキッと開いた。

ゴクゴク飲んでいる虎太朗を見て、アリサは口もとをゆるめる。

いつもこうだ。逆に、うれしいことをもらっている気がする。

一口飲むと、よく冷えたソーダの泡が口の中で弾けた。

（恩返ししたいのに……）


近くの公園に移動すると、アリサは隅のベンチに腰かけた。

すっかり飲み干した虎太朗が、空き缶を軽く放り投げる。

それは回転しながら、遠くの空き缶入れにストンと入った。

「おっ、入った。俺、野球でもいけるんじゃね？」

虎太朗はそう言いながら、楽しそうに笑っている。

アリサは空き缶を両手で包んだまま、スックと立ち上がった。

「榎本！」

「なんだよ？」

「あの……さ……なにか、困ってることとか……ない？」

「困ってること？」

虎太朗は首をひねって考えてから、「別にねーけど」とあっさり答える。


「それじゃ、困るのよ。主に私が！」

「なんで高見沢が困るんだよ？」

怪訝そうな顔をする虎太朗に、内心「ああ、もう！」とじれた。


「こっちにもこっちの事情が色々あるの。とにかく、なんでもいいから、相談したいこととかない!? 家族のことで悩みがあるとか、友人関係にトラブルが生じているとか、部活の先輩にいびられてるとか、なにか一つくらいあるんじゃないの？ 深刻な悩みが！」

「んなこと言われても……思いつかねーし。まあ、小遣い少ねーことくらい？」


「お小遣いか……」

それは、アリサにもどうしようもない。

小遣いが少ないのは、全国の中学生共通の悩みだろう。

「……うちの神社の金運上昇のお守りとか、いる?」

それくらいしか思いつかなかったが、虎太朗に「いらねーよ」と真顔で返された。

「っていうか、高見沢、どうしたんだ?　今日は一段と変だぞ?」

虎太朗はベンチに置いていたバッグを取ると、肩にかけて公園の出口に向かって歩き出した。

アリサは残ったソーダを一気飲みしてから、缶を「えいっ!」と放り投げる。

けれど、空き缶入れまで届かず、砂場の上にボテッと転がってしまった。

(やっぱり、榎本みたいにいかないな……)

急いで取りにいくと、空き缶入れの中に放りこんでから虎太朗を追いかける。

虎太朗は公園の前の横断歩道の手前で、信号が変わるのを待っていた。

追いついたところでちょうど青に変わり、二人並んで歩き出す。

「ねーねー、榎本ってば」

「だから、なんなんだよ?」

「相談に乗ってあげようと思ってるんじゃない」

「だから、相談することなんかないって言ってんだろ。あっ、今、一つできた」

「えっ、なに、なに⁉」

一歩虎太朗の前に出ると、アリサは後ろ向きに歩きながら瞳を輝かせてきく。

「高見沢がしつこく、人の悩みを聞き出そうとすること」

歯を見せて笑ってから、虎太朗は頭の後ろで手を組む。

「それは榎本がなかなか言ってくれないから……」

「そっちこそ、困ってねーのかよ？」

「……え？」

「ほら、クラスの女子と……」

虎太朗は、言いにくそうに声を小さくした。

（気にしてくれてるんだ……）

アリサはふっと口もとをゆるめる。

「それは……別にいいわよ」

「よくねーだろ」

「いいの」

どうしようもないことだと、自分の中でもうすでに割り切ってしまっている。

「机に落書きされたり、靴を隠(かく)されたりすることもなくなったし」

無視されているのは変わらないが、直接的ないやがらせが減った分、前ほど居心地(いごこち)の悪さは感じなくなった。

「一人なのは、小学校のころから慣れてるから」

「そんなもん、慣れんなよ」

あきれたように言われて、アリサは笑った。

「私のことは、本当にいいの。それより、榎本のことよ！」

「なんで、そんなに俺の悩みが聞きたいんだよ。あっ、まさか、弱みを握(にぎ)るつもりか!?」

「違(ちが)うわよ。失礼ね」

「じゃあ、なんなんだよ？」

「ただ……」

アリサは歩道の縁石の上にトンとのぼり、たどるように歩き出す。

「借りをつくりっぱなしなのが、いやなの」

「借りなんて、別にねーよ」

横を追い越していった虎太朗の背中を、アリサは見つめる。

「あるよ……」

小さなつぶやきがポロッとこぼれた。

どうやって返していいのかわからないほどの、大きな借り――。

アリサは風に揺れる髪を押さえながら、少しだけ目をふせた。

◆ ◇ ♡ ◇ ◆

昼休み、職員室に向かおうとしたアリサは、虎太朗の姿を見つけて足を止めた。

虎太朗は階段の陰で、ソワソワと立ったり座ったりをくり返しながら、廊下の様子をうかがっている。

本人は隠れているつもりなのだろうが、挙動不審すぎてかえって目立っていた。

アリサが廊下のほうに目をやると、雛が楽しそうに友達と立ち話をしているところだった。

(ああ、なるほどね……)


後ろから歩みよったアリサは、虎太朗が握りしめているチケットをヒョイと取り上げる。

「あっ、なにすんだよ!」

つい大きな声を上げた虎太朗は、雛がこちらを向くと同時に階段の陰にしゃがんだ。

その隣に、アリサも一緒になって身をかがめる。


「返せよ!」

声をひそめながら、虎太朗がチケットを取り戻そうと、手を伸ばしてきた。

その手をひらりとかわしてから、アリサはチケットに目をやる。

「ふーん……サッカーのチケットねぇ」

「なんだよ、いいだろ。別に」

「ダメ。やり直し」

そう言って、虎太朗の胸にチケットをつき返した。

「ハッ!? なんでだよ?」

「瀬戸口さんって、サッカーが好きなわけ?」

「えっ……いや……知んねーけど。でも、優だってサッカーやってたし、きらいじゃねーよ!」

「好きなチームは? 好きな選手は? 瀬戸口さん、サッカー観戦したいって言ったの?」

アリサが虎太朗の鼻先に指をつきつけて問いつめるようにたずねると、虎太朗は「うっ」と、言葉をつまらせた。


「サッカーが好きなのは、榎本でしょ?」

「雛だって、絶対、喜ぶに決まってんだ!」

「これだから……」

アリサはやれやれと首をふる。


「なんだよ。いいだろ? だいたい、高見沢に関係ねーし」

「じゃあ、さっさとそのチケットを瀬戸口さんに渡しにいってくれば? どうせ断られると思うけど」

虎太朗は言い返す言葉をグッとのみこみ、迷うようにチケットに目をやる。

「どうしたの？　誘わないの？　瀬戸口さん、行っちゃうけど？」

アリサがチラッと廊下のほうを見ると、雛は友達と連れだって教室に戻っていくところだった。

「じゃあ、なんだったらいいんだよ⁉」

逆ギレ気味に聞いてくる虎太朗に視線を戻し、アリサはニヤッと笑った。

「キュウリをエサにしても、鯛は釣れないのよ！」

「意味……わかんねーんだけど……？」

階段の陰にしゃがみこんだまま、二人は顔をつきあわせてヒソヒソ声で話す。

「エビを用意しなきゃ、鯛は食いついてこないってことよ！」

「エビで鯛を釣るって、そういう意味じゃねーだろ」

「細かいことはいいの。とにかく、瀬戸口さんが、大よろこびして飛びついてくるようなものを用意しなさいよ。幼なじみなんだから、好きなものくらい知ってるでしょ⁉」

（ああもう、本当にじれったいんだから）

幼なじみという絶好のポジションをキープしながら、一つもゴールを決められないヘボシューターを見ているようで、こっちのほうがやきもきしてしまう。

「ゲームとか……食い物？」

「他にもあるでしょ。遊園地とか、水族館とか、映画館とか！」

「そんなとこ、誘えるかよ！」

「なんでよ？」

「デー……ト……みてーだろ……」

赤くなった顔をそむけて、虎太朗はモゴモゴと聞き取りにくい声で答える。

「なにを言ってるのよ。デートに誘ってるんでしょ？」

「ちげーよ！　なんで、俺が。ただ、ヒマつぶしにと思って……」

「そんなこと言ってると、どこかから現れた王子様に、さらっていかれちゃうわよー？」

「そんなやつ、簡単に現れるかよ」

「どうして、そう言い切れるの？」

「雛の理想は優みたいなやつなんだよ。そんなやつ、そうそういてたまるか」

虎太朗は立ち上がると、チケットをズボンのポケットに押しこんで立ち去る。

そういえば、雛に二歳年上の兄がいることをアリサは思い出した。

クラスの女子たちのあいだでも、かっこいいと話題になっていたようだ。

確か、瀬戸口優という名前だっただろうか。

「……瀬戸口さんって、ブラコン？」

始業のチャイムが鳴り出し、アリサは急いで自分の教室に向かった。

◆◇♡◇◆

朝、アリサが自分の教室に入ると、珍しく雛が来ていた。

「ちょっと、まさか私の辞書、なくしたの？　今日の授業でいるから困るのに！」

「なくしてねーよっ！」

虎太朗はそう言いながら、あせったように机の中のものを全部取り出している。

「まったくもう……」

そのあいだ雛は窓の縁に肘をかけながら、ぼんやりと外を眺めていた。

時間は八時を少しすぎたところで、生徒たちが続々と昇降口に入っていく。

その中に知り合いの姿を見つけたのか、雛はペコンと頭を下げた。

辞書を手に振り向いた虎太朗が、「ん？」と雛の隣に立つ。


「誰かいんのか？」

「べ……別に～」

雛はごまかすように答えると、ツイッと視線をそらした。

「あいつ、綾瀬恋雪とかいう……」

「虎太朗知ってんだ？」

「夏樹の漫画友達？　よく知んねーけど」

「ふーん……あっ、つまずいた」

雛はプッと小さく吹き出す。


二人のそんな会話を近くで聞いていたアリサは、ふと窓の外に目をやる。

自分の足につまずいて恥ずかしそうにしているのは、三年の先輩だった。

雛はその人を眺めながら、楽しそうに笑みを浮かべている。

「じゃ、辞書返してもらうからね」

「あっ、おい、雛！」

雛は虎太朗の手から辞書を取ると、そのまま上機嫌に教室を出ていく。

その姿を見送る虎太朗は、見るからにイライラした様子だった。


（へぇ……）

アリサは虎太朗に歩み寄り、「ねぇ、ねぇ、榎本」と声をかける。

「……なんだよ？」

「瀬戸口さんって、あの綾瀬って人のことが好きなの？」

そうたずねると、虎太朗は「ハァー!?」と声を大きくした。

「んなわけねーだろ。あんな女みたいなやつ！」

「へー、そうは見えなかったけど……」

「知らねーよっ!!」

怒ったように言って、虎太朗はズボンのポケットに両手を突っこみながら席を離れる。

「ふーん」

恋雪を見つめていた雛の瞳は、もうすっかり『恋する女の子』のものだった。

けれど、本人はまだ、そのことに気づいていないのだろう。

(そういうことなら……)

ひそかに笑みをもらしたアリサは、自分のくちびるに人さし指を押し当てた。

◆ ◇ ♡ ◇ ◆

アリサが中庭に向かったのは、その日の放課後のことだ。

綾瀬恋雪、三年生——。

乙女座のA型男子。

運動はまるきりダメ。でも、成績は学年でも常に上位。

気弱で、同級生にからまれていることもある。

たまに、下級生にからまれていることもある。
部活には所属せず、美化委員で校内の清掃や花壇の世話などをよくおこなっている。
図書室にこもっていることも多い。

校舎の陰に隠れながら、アリサは生徒手帳のメモ欄に記入したことを確認する。
今日一日、三年生たちに聞きこみをしてわかった綾瀬恋雪の『生態』だ。

体操服姿の恋雪が、中庭にやってくるのが見えた。
放課後のこの時間には、いつも花壇の世話をしているようだった。

（それにしても……）
恋雪は一人ポツンと花壇の前にしゃがみ、草抜きをしていた。
その姿は、どこからどう見てもさえない。
見ているだけでイライラしてくるほど、まったくさえない。
野暮ったいメガネに、もっさりした髪型。背は猫背気味で、歩く時もうつむきがち。
頼りがいもあまり感じられない人だ。

「……瀬戸口さんって、ビミョーな趣味してるわね」

雛が恋雪のどこを気に入ったのか正直、まったくさっぱりわからなかった。

それとも、見た目だけではわからない、隠れた魅力があるのだろうか。

(とても、そうは思えないけど……)

「あれなら、榎本でも充分、勝ち目があるじゃない」

アリサは生徒手帳をパタンと閉じて、スカートのポケットにしまった。

◆ ◇ ♡ ◇ ◆

翌日の放課後、アリサは昇降口の下駄箱にもたれながら、虎太朗を待っていた。

階段を下りてきた虎太朗は、友達と別れてこちらに一人で歩いてくる。

これから部活なのだろう。肩に大きなスポーツバッグをかけていた。

「高見沢……」

「だから忠告したのに」

「なんのことだよ？」

虎太朗は下駄箱からシューズを取り出してはきかえると、身をかがめて紐を結び直す。

「瀬戸口さんのこと。ぼやぼやしてると、他の誰かにさらわれるって」

「関係ねーよ……高見沢には」

「協力しようか？」

「いらねー」

身を起こした虎太朗は、不機嫌に答える。

「瀬戸口さん、あの人に持っていかれちゃうわよ？」

「なんねーよ！」

「わからないじゃない！」

虎太朗の声につられて、つい言い方がキツくなった。

アリサのほうを向いた虎太朗が、まっすぐ見返してくる。

「自分でどーにかしなきゃいけないことなんだよ。人の手を借りてちゃ、意味ねーんだ」

「そ……そんなこと言ってると、知らないわよ！」

虎太朗が出ていくと、昇降口のガラス戸がゆっくりと閉まる。

(なに、かっこつけてるのよ)

全然、相手にされてないくせに。

幼なじみだからと気を抜いていると、他の誰かに先を越されて、泣くことになるのに。

そうなってから、後悔しても遅いのに——。

◆ ◇ ♡ ◇ ◆

朝、アリサが校舎に向かって歩いていると、トボトボと歩いている恋雪の姿を見つけた。

友達と一緒に登校してきた雛も、その姿に気づいたようだった。

あっという顔をしていたが、声をかけられずとまどっている。

先に、「瀬戸口さん」と声をかけたのは恋雪のほうだ。

「おはよ……」

「恋雪先パ―――――イ!!」

恋雪のあいさつをさえぎるように、アリサは大きな声を上げる。

びっくりしている恋雪に、満面の笑みでかけよった。

「おはようございます。恋雪先パイ」

「えっと……誰でしたっけ?」

「もー、やだなー。一年の高見沢アリサですよー。ほら、美化委員会で一緒だった!」

「えっ、あ、そうでしたっけ?」

「そうですよ!」

にこやかに答えてからふり返ると、雛は突っ立ったままポカンとしている。

アリサはフッとくちびるの端を上げ、正面に視線を戻した。

「恋雪先パイ、制服のボタン、取れかかってますよ?」

「えっ⁉　本当だ。いつ、引っかけたんだろう?」

「もー、抜けてるんですから。しっかりしてください」

（本当に気が抜けそうになるほど、ゆるいんだから……）

そう思いながら、アリサは「あはは」と笑った。

恋雪は苦笑しながら、頬をかいている。

アリサはそんな恋雪と、並んで校舎に入っていった。

◆◇♡◇◆

その日から昼休みも、掃除の時間も——。

恋雪と雛が廊下や階段で鉢合わせしそうになるたび、アリサは「恋雪先パーイ！」、「ゆきちゃーん！」とすっ飛んでいっては、二人の間に割りこんだ。

今にもかんしゃく玉が破裂しそうな雛を尻目に、アリサはニヤッと笑って恋雪を引っ張っていく。

それが、雛には相当、効いているようだった。

「高見沢さん！」

放課後、アリサが昇降口で靴をはきかえていると、呼び止められる。

両手を腰に当てた雛は、すっかりケンカ腰だ。

（そろそろ、来るころだと思った……）

アリサは上履きをしまい、下駄箱のふたをパタンと閉める。そして、クルッと雛のほうを向いた。

「なに？」

「いったい、どういうつもり!?」

「なんの話か、さっぱりわからないんだけど」

「恋雪先輩のことよ！」

「ああ、ゆきちゃん」

わざと親しみをこめて呼ぶと、雛は眉を吊り上げ、くちびるをワナワナと震わせる。

「急に話しかけたり、急になれなれしく呼んだりしてるじゃない！」

「私が恋雪先パイに話しかけると、瀬戸口さんになにか都合の悪いことがあるわけ？」

「それは……」

雛は拳を握りながら、返事に困って視線をそらす。

その顔を、アリサは横からのぞきこんだ。

「私が先パイのことをどう呼ぼうと、瀬戸口さんには関係ないと思うんだけど？」

「いつも、私が話しかけようとすると邪魔するみたいに割って入るから……」

「そんなに恋雪先パイに話しかけたかったの？」

「ちがっ！　そういうことじゃなくて……」

「もしかして、好きだったりして」

アリサが意地悪く笑うと、雛は一瞬、息をのむように黙った。

その顔が見る見る真っ赤になる。

「ちが……う……わよ……」

さっきまでの威勢はどこへやら、消え入りそうな声だった。

瞳が途方にくれたように揺らいでいる。

「じゃあ、私が恋雪先パイに話しかけても、別にかまわないでしょ？」

アリサはそう言うと、さっさと昇降口を出る。

雛はたたずんだまま、それ以上声をかけてこなかった。

歩きながら、アリサは口もとに苦い笑みをにじませる。

これで雛にも、きらわれてしまっただろうか。

「でもまあ……仕方ないか」

顔をふせると、小さな声でつぶやいた。

◆ ◇ ♡ ◇ ◆

中庭に向かうと、恋雪は今日も一人、花壇の手入れをしているところだった。

その姿を遠巻きに眺めていたアリサは、キュッとくちびるを引き結んで足を向ける。

「恋雪先パイ」

笑みをつくって声をかけると、恋雪が「わっ！」と仰天したように声を上げた。

そのまま軽くよろけ、花壇の土に手をついている。

「た、高見沢さん……いつも、唐突に現れるんですね」

そう言いながら、恋雪は手や制服についた土を払い落とした。

「いつも一人で草抜き、やってるんですか？」

「ええまあ……他にやる人がいないので。あっ、でもなかなか楽しいんですよ？」

そう言いながら、恋雪はヘラッと笑う。その足もとには抜いた草が小さく積まれている。


「……一人じゃ、いつまで経っても終わりませんよ」

アリサは恋雪の隣に並んで、腰を落とした。

「ありがとうございます。高見沢さんは、親切ですね」

おっとりした口調で言われて、アリサのほうが少し気まずくなる。

「恋雪先パイは、お人好しですね……」

「そうかな？」

恋雪は首を傾げる。その表情はどこか楽しそうだった。

「なにかあったんですか？」

恋雪にたずねられて、草抜きに専念していたアリサはふっと顔を上げた。

「今日はなんだか元気がないようだから」

恋雪はアリサのほうを向くと、穏やかにほほえむ。

「別になにもありませんよ」

心の中を見透かされたような気がして、アリサは手もとに視線を戻した。


「そうですか」

「そうです。私だって、そんなにいつもうるさいわけじゃ……」

アリサは一度、口をつぐんでから、小さくため息をつく。


「……やっぱり、迷惑ですよね？」

「そんなことないですよ。ただ、どうして僕に話しかけてきたのかなとは、思いました。なにかわけがあるのかな、って」


（なんだ、わかってたんだ……）

見た目ほどぼんやりしている人ではないのかもしれない。

「恋雪先パイは……瀬戸口さんとどこで知り合ったんですか？」

「えっと、掃除の時間に、僕がゴミ箱をひっくり返してしまいまして……それで、瀬戸口さんを怒らせてしまったんです」

恋雪はなぜか少し顔を赤くしながら、軽くせき払いした。


「どんくさいんですね……」

恋雪は「ハハッ」と、頭の後ろに手をやってのん気に笑っている。

手についていた雑草が、その髪に引っかかっていた。

（やっぱり瀬戸口さんの趣味って……変）

けれど、以前よりはわかるような気がした。


「先パイって、瀬戸口さんのこと、どう思ってるんですか？」

「瀬戸口さん、ですか？」

恋雪は手を休めて、少し首をひねる。

それから、ふとアリサを見て、あせったように「高見沢さん！」と呼んだ。

「え？」

アリサは引っこ抜いた草を手に、恋雪を見る。

「それ、草じゃなくて花なんです……すみません、言うのが遅くて」

申し訳なさそうに言う恋雪に、アリサは「あっ！」と声を上げた。

よく見れば、草の先に小さな紫色の花がポツポツとついている。

あわてて土に戻してみたけれど、クタッとなった茎は戻らない。

アリサと恋雪は顔を見合わせて、苦笑した。

「まあ、水をまいて様子を見れば、元気になるかもしれませんから。僕、じょうろを取ってきますね」

「私も行きます！」

恋雪が膝に手をついて立ち上がったので、アリサも急いで腰を上げた。

雑談しながら物置に向かっていると、恋雪が不意にしゃべるのをやめる。

「恋雪先……」

つられて立ち止まったアリサは、恋雪の視線の先に目をやった。

昇降口から出てくるのは、髪をお団子にした三年生の女子だ。


「あっ、榎……」

声をかけようとして、恋雪が一歩前に出た。けれど、彼女のすぐ後から男子生徒が出てくると、伸ばしかけた手を引っこめてしまった。

パッと輝いた表情も、すぐにかげりを帯びる。


二人は恋雪に気づくことなく、楽しそうにしゃべりながら正門へと向かう。

その姿を見送っていた恋雪は、切なげに目をふせた。


(あれって、榎本のお姉さん……よね？)

虎太朗が一緒にいるのを見かけたことがある。確か、夏樹という名前だ。

一緒にいるのは雛の兄の瀬戸口優だろう。学校の中でもかっこいいと評判の先輩だ。

虎太朗と雛は家が隣同士で幼なじみだと聞いている。だとすれば、あの二人もそうだ。
アリサは隣に立つ恋雪の顔を、ためらいがちに見た。
その視線に気づいたのか、恋雪がほほえむ。感情をごまかすような笑い方だ。
（なんだ……恋雪先パイにも、好きな人、いるんじゃない）
けれど、それも『片想い』だ。
見ればわかる。あの二人のあいだには、誰かが入る余地なんてない。
そんな二人だった……。
アリサは恋雪からさりげなく、視線をそらす。
恋雪もきっとそれは、わかっている――。

◆ ◇ ♡ ◇ ◆

アリサが誰もいない静かな廊下を通り抜けて教室に戻ると、虎太朗だけが残っていた。

「あっ、高見沢！」

虎太朗は怒った顔をしてやってくると、バンッと片手で机を叩く。

「雛になんか言っただろ⁉」

「私が？　なにを？」

「最近、高見沢があの綾瀬ってやつにからんでるの、知ってんだぞ。そのせいで、雛がカリカリカリカリしてんだよ！」

「瀬戸口さんが榎本にカリカリしてるのは、いつものことじゃないの」

むしろ、虎太朗の前でニコニコしている雛のほうが珍しいだろう。

「まあ、そうなんだけどな……って、そうじゃねーし！　いつもの三倍くらいにいらついてんだ！」

「そんな苦情を私に持ってこられても、知らないし」

カバンのふたをパチンと閉め、アリサは素っ気なく答えてドアに向かう。

虎太朗も自分のバッグをつかんで、追いかけてきた。

「これ以上、余計なことすんなよ！」

廊下に出ると、虎太朗が隣に並んでにらんでくる。

アリサは深くため息をついてから、改めて虎太朗を見返した。

「私は私のやりたいようにやるから。そっちこそ、邪魔しないで！」

きっぱり言うと、肩にかかった髪の毛を軽く払いのけて足を進める。

「おい、高見沢！」

（ごめん、榎本……でも、私はあんたの味方でいるって決めたから）

Preparation10
~準備10~

◇◆ Preparation10♡～準備10～◆◇

球技大会の日は、一年生から三年生まで体操服に着がえて、体育館と校庭でそれぞれ競技に参加する。

試合のないあいだは、校庭脇の芝生や、体育館の応援席で観戦することになっていたが、誰かが監視しているわけでもないので、みんな自由気ままに校内を歩きまわっていた。

アリサは三年生の競技が終わった後、急いで体育館の裏手に向かう。

さがしている相手は、外の水道で顔を洗っているところだった。

（よし、邪魔者の姿はなし！）

他の生徒がいないことを確かめてから、アリサは気づかれないように歩みよる。

顔を上げたその人は、縁にかけていたタオルがないことに気づいたのか、「あれ？」とあたりを見まわした。

「瀬戸口先パイ。落ちてましたよ？」

アリサはさりげなくタオルを差し出しながら、にっこりほほえんだ。

雛の兄、瀬戸口優は、「ああ、サンキュー」と笑みを返してタオルを受け取る。

顔よし、頭よし、その上運動神経もよし。

女の子の理想をつめこんだような王子様だ。


「えっと……？」

優はタオルで顔をふいてから少しとまどい気味に、アリサを見る。

「瀬戸口先パイって、榎本先パイの彼氏なんですか？」

ズバリたずねると、優は間を置いてから「えっ!?」と、びっくりしたような声を上げた。

「いきなり……なに？」

「二人がひそかに付き合っているんじゃないかって、榎本……じゃなくて、とあるクラスの男子生徒が心を痛めているみたいなんです」

アリサは両手を握り合わせ、優を見つめた。

「えっ、虎太朗？　なんで、あいつがそんなこと気にすんの？」

「榎……彼も思春期なんですから。色々と複雑な悩みがあるんですよ」

「……色々って？」

「それはまあ、色々……で、二人はお付き合いしているんですか？」

アリサがズイッと顔を寄せると、優は逃げるように身を仰け反らせる。

それから数秒沈黙して、ツイッと視線をそらした。

その頬はほんの少し赤くなっている。


「えっ、いや……して……ないと思うけど？」

「本当の、本当に⁉　神に誓って⁉」

優を壁際まで追いつめたアリサは、逃がさないようにそのかたわらにバンッと手をついた。

優は壁に背中を押しつけたまま、わずかに頬を引きつらせる。

「幼なじみってだけだし。っていうか、なんで、俺、こんなこと言わされてんの？」


アリサは壁から離した手を、自分のあごに運んだ。

（なんだ、そう。付き合ってるわけじゃないの……）

けれど、この瀬戸口兄が、虎太朗の姉を好きなのは間違(まちが)いないだろう。

それに、恋雪もだ。


「あれ、お兄ちゃんと……高見沢さん⁉」

体育館から出てきた雛が、こちらに気づいて声を上げた。

「雛、知り合いか？」

優はタオルを首にかけながら、雛のほうを見る。


「それじゃあ、瀬戸口先パイ。次の試合も頑張(がんば)ってくださいね」

アリサは笑顔のまま言い残し、早々にその場を離れた。

「ちょっと、高見沢さん！」

雛は兄の優を置き去りにしたまま、追いかけてくる。


「待ってってば！　どうして、高見沢さんがお兄ちゃんと話してたの？」

ジャージの袖(そで)を引っ張られ、アリサはため息をつきながら体の向きを変えた。

「あなたも忙しい人ね」

「どういう意味よ？」

「恋雪先パイも、あなたのお兄さんも、あなたのものじゃないでしょー。誰が話しかけようと自由じゃないの」

「そんなこと言って……絶対、なにか企んでるでしょ！」

聞き出すまで、ジャージを離さないつもりらしい。

仕方ないと、アリサはこっそりため息をついた。

「あっ、恋雪先パイ」

「えっ、どこ⁉」

雛がパッと反応して、あたりを見まわす。そのあいだに、アリサはさっさと足を進める。

「高見沢さんのイジワル！」

恋雪の姿なんてなくてむくれている雛の声を聞きながら、クスッと笑った。

「ほーんと、忙しい人よね」

恋雪も雛も、そして虎太朗もそうだ。

誰かを一生懸命に想って。

そんな毎日なら、退屈なんて感じないだろう。

きっと、世界は……もっと、輝いて見えるのだろう。

◆◇♡◇◆

「おーい、優」

体育館を目指して歩いていた虎太朗は、優の姿を見かけて声をかけた。

家が隣同士で、姉と優が幼なじみということもあり、おたがいによく知る相手だ。

「虎太朗……」

優は肩にかけたタオルを両手でつかんだまま、こちらを向く。

雛は優の試合の応援をしていたはずだ。

だから、体育館に行けば会えると思ったのだが——。

虎太朗はキョロキョロしながら、優に歩みよる。

「雛のやつ、見なかった？」

「雛？　ああ……高見沢って子とどっか行ったけど」

「高見沢と!?　また、変なこと言ってんじゃないだろうな？」

アリサと雛は、なぜかあまり仲がよくない。

綾瀬恋雪という先輩に、アリサが最近、しつこくつきまとっていることが原因らしい。

そのことで、雛はこのところ終始不機嫌だった。

だから、アリサと雛が一緒にいると聞けば、いやな予感しかしない。


（ケンカでもしてんじゃないだろうな……）

虎太朗はまわれ右をして、雛とアリサをさがしに行こうとした。

「虎太朗」

「ん？　なんだよ？」

「いや……なんていうか……ごめんな」

いきなり謝られて、虎太朗は「？」と首をひねった。

（俺、優に謝られるようなことあったっけ？）

優に謝らなければならないことなら、過去、いくらでもしてきたような気はする。

しかし、その逆には覚えがない。

「色々、気づいてやれなくて」

「え？　なんの話だよ？」

「相談したいことがあるなら、いつでも乗るから」

優は真顔になって、慰めるように虎太朗の両肩を叩いた。

（ますます、わかんねーんだけど⁇）

しかも、なぜかものすごく同情の眼差しで見られているような気がする。

「あっ、いたいた。優ー。次の試合、始まっちゃうよ？」

手をふりながらかけよってくる姉の夏樹の声に、虎太朗は「げっ！」と声をもらした。

「夏樹！」

幼いころから体にしみこんだ防衛本能で、つい逃げ腰になる。

「虎太朗ー。なに、その反応？　お姉ちゃんの顔見て、げってなによ？　げって」

そばにやってきた夏樹は、虎太朗が逃げる前にムギュッと耳を引っ張る。

「放せよっ、ブス！」

「うるさいっ、お猿（さる）！」

「夏樹、いいから。もちたの試合、見にいくんだろ？　あいつ、応援（おうえん）してやんないと拗（す）ねるぞ」

「えっ、ちょっと、優ーっ!!」

優が姉の腕（うで）をつかみ、少々強引（ごういん）に引っ張っていく。

虎太朗は呆気（あっけ）に取られながら、体育館へと戻（もど）っていく二人を見送った。

（なんなんだよ。わけわかんねーな……）

◆◇♡◇◆

家に戻り、夕飯と入浴をすませたアリサは、自分の部屋にこもっていた。

座卓（ざたく）に広げたルーズリーフに、カラーペンを走らせる。

瀬戸口兄は、榎本のお姉さんが——好き（？）。

榎本のお姉さんは、瀬戸口兄が——好き（？）。

恋雪先パイは、榎本のお姉さんが——好き。

瀬戸口さんは、恋雪先パイが——好き。

榎本は、瀬戸口さんが——好き。


アリサは相関図を眺めてから、頬杖をついてため息をもらす。

虎太朗と雛、それに恋雪と、雛の兄の優、夏樹……。

まるで、こんがらがってしまった糸のようだ。

どこかを引っ張ってやれば、スルリと解けるような気もするし、逆にからみ合って解けなくなってしまうような気もする。


「う————ん」

アリサはうなってから、「あっ、そうか！」と頬から手を離す。

「要するに、恋雪先パイと、榎本のお姉さんがくっついてしまえば……瀬戸口さんも恋雪先パイをあきらめるしかなくなるんだし！　一石二鳥ってやつじゃない？」

アリサは瞳を輝かせ、急いでカラーペンで新しい線を引いていく。

若干一名、不幸になる人ができるのは仕方ない。

瀬戸口兄はモテるのだから、一度や二度、失恋したところでたいしたことはないだろう。

妹の幸せのためと思ってここは一つ、潔くあきらめてもらって……。

「なんて、そんなにうまくいくはずないでしょ」

座卓にゴンッと頭を落とす。手から離れたカラーペンがコロコロと転がった。

アリサは顔を横に向け、相関図に目をやる。

優と夏樹は、まだ付き合っていないようだ。

「でも、あんな二人のあいだに、割りこめるわけないか……」

遠巻きに夏樹を見つめる恋雪の姿を思い出し、アリサはポツリとつぶやいた。

恋雪が失恋するなら、雛にはまだチャンスがあるということだ。

万が一、二人がうまくいくようなことになったら、今度は虎太朗が失恋する。
虎太朗のことを思えば、雛が恋雪とのことをあきらめてくれるほうがいい。
そう思って色々やってきたけれど、雛は雛で真剣で、恋雪も恋雪で真剣で——。
その気持ちを知ってしまえば、どうするのが一番いいのか答えは出せない。
「ああ、もう」
アリサはもどかしくなって、コロンとラグマットに転がった。

どうして、こんなにうまくいかないのだろう。
人の気持ちは——。

◆◇♡◇◆

週が明けると、連日、空は雨模様だった。
学校が終わってアリサが昇降口を出ると、恋雪が傘を手にたたずんでいた。
その視線の先には、正門を出ていく優と夏樹の姿がある。
アスファルトを大粒の雨が叩き続ける中、色違いの傘が仲良く並んでいた。

恋雪のさびしさを漂わせた後ろ姿から、アリサは目をそらす。

本当に、いやになる。

(だって、わかるから。わかりすぎるくらいに、わかってしまうから)


恋雪はクラスでもいつも孤立しているようだった。

恋雪が話をしているのを見かけたのは、夏樹が一緒の時くらいだった。

クラスの中で幽霊のようになっている自分。

そんな中で、他のみんなと変わらず接してくれる人の存在がどれほどうれしくて、大きいか。

おはようと、笑いかけてくれるだけで、自分もここにいていいんだと、許されるような気がする。

幽霊ではなく、他のみんなと変わらないただ一人の生徒なんだと感じられる。

恋雪にとって、夏樹はそんな存在。

それを、あきらめてくださいなんて——。

傘の柄をギュッと握ってから、アリサは恋雪に歩みよった。

「恋雪先パイ」

後ろから声をかけると、恋雪がふり返る。

「高見沢さん……」

「声、かけないんですか？」

「え？」

「榎本先パイにですよ」

「ああ……いや……」

恋雪は淡い笑みを浮かべたまま視線を下げ、言葉をにごす。

アリサはその隣に並んだ。

正門を通り抜けてしまった優と夏樹の姿は、もう見えない。

暗い空と降り止まない雨のせいで、あたりが薄ぼんやりとかすんでいた。

（ほんと……思いどおりにならないことばっかり……）

◆◇♡◇◆

掃除が終わると、帰り支度をした雛は、うつむきがちに階段を下りる。

廊下で掃き掃除をしている恋雪の姿を見つけると、自然と足が止まっていた。

「恋雪……先輩……」

「あっ……」

恋雪が気づいたのがわかると急に心臓がはねて、雛は身をひるがえす。

「え……瀬戸口さん？」


(あと、何回……？　あと何回、目が合えば……きっと)


ドクン、ドクンと、心臓が鳴り続けていた。

一年生の教室まで戻ってきた雛は、廊下の壁に背中を押しつけ、息を整える。

手が熱く、汗ばんでいた。その手をギュッと握りしめる。

「瀬戸口さん……？」

ためらいがちに呼ばれ、雛ははっとする。

ふり向くと、ホウキを手にした恋雪が、心配そうに見つめていた。


（ほら――）

目が合うと、優しく笑うから。

気づいてしまう。
自分の気持ちに――。

◆ ◇ ♡ ◇ ◆

放課後、アリサが教室から出ると、虎太朗が廊下の真ん中で立ち止まっている。

「……榎本？」

歩みよって声をかけたが、虎太朗は返事をしない。

その見つめる先には、恋雪と雛の姿があった。

泣きそうになっている雛を、恋雪がオタオタしながら慰めている。

そんな恋雪に、雛は笑っていた。

頬を赤くしながら、うれしそうに。


アリサは虎太朗の横顔をそっとうかがうように見る。

イライラしているのかと思ったけれど、虎太朗の表情は思いのほか冷静だった。


「いいの?」

「なにがだよ?」

「あの二人」

雛の顔。あれはもう、すっかり自分の気持ちに気づいてしまっている顔だ。

「別に……いいんじゃねーの?」

そう言いながら、虎太朗は身をひるがえして教室に戻っていく。

アリサは雛と恋雪に視線を向けて、小さなため息をもらした。

ああ、やっぱりまた……空まわり。
人の気持ちは、他人にはどうにもできないものなのだろう。
自分ですら、思いどおりにならないのに。
たとえ、見込みがないとわかっていても、きっと。

誰かを好きにならずにはいられないのだから——。

◆◇♡◇◆

春——三月、卒業式。

屋上に上がると、虎太朗が一人、フェンスに寄りかかって下を眺めていた。
卒業式を終えた三年生が、親と一緒に正門を出ていくのが見える。
後輩にかこまれて、花束を受け取っている生徒もいた。

「こんなところにいていいの？　榎本のお姉さんも卒業でしょう？」

アリサが歩み寄りながら声をかけると、虎太朗がふり向く。

「まーな」

「お祝いとかするんじゃないの？　ご飯食べに行ったり」

「ああ……なんか優んちの親とどこか行くって言ってたな」

「榎本は行かないんだ」

虎太朗の隣に並んで、同じようにフェンスにもたれる。

「めんどくせーよ」

虎太朗は頭の後ろで両手を組んだ。

空は快晴。真っ白な雲がゆっくり流れていく。

風はまだ少し肌寒(はだざむ)いけれど、穏(おだ)やかだった。

「……瀬戸口さんは？」

「雛は部活。さっきまで大泣きしてたけどな」

「ああ、恋雪先パイも卒業しちゃうから……で、榎本は瀬戸口さんが心配で、学校に残ってるんだ？」

「榎本って、律儀っていうか、健気？」

からかうように言うと、虎太朗が「うるせえ」と顔をしかめる。

「そのわりに、全然、瀬戸口さんの視界に入ってないのは、どーしてなんだか」

（こんなに、一生懸命なのに）

「いいんだよ。そのうちすげーいい男になって、俺しか目に入らないって言わせてやるんだから！」

虎太朗は自信満々に宣言した後で、恥ずかしくなったように笑う。

「まあ……それもいいんじゃない？」

アリサはこぼれる笑みを隠すように、なびく髪に手をやった。

（うらやましくなるくらい、一人しか見えてないんだから）

「ダメもとって言葉もあるし」

「言ってろよ」

おたがいに笑いあって、コツンと拳を合わせる。

あの時の借りはまだ返せないまま、この胸の中。

だから――。

どこまでも、どこまでも広く、澄みわたった空に願う。

(この人の気持ちが、いつかあの子に届くように……)

◇◆ epilogue♡ ～エピローグ～ ◆◇

週末、アリサは駅前のショッピングモールに来ていた。

朝からずっと楽しみにしていて、気合いを入れてオシャレをしてきたのが少々恥ずかしい。

吹き抜けになっている中央のイベントホールには、もうすでに長蛇の列ができている。

アリサは真ん中あたりに並んで、落ち着かないように小さく足ぶみした。

「整理券の番号順に並んでください！」

係員が声を張り上げる。

（どうしよう……どうしよう。本当に来ちゃったんだけど……）

心臓が、さっきからもうドキドキしっぱなしだった。

雑誌のPRイベントで、成海聖奈の握手会がおこなわれると知ったのは三日前だ。

テレビでしか見たことがなかった彼女に一目だけでも会いたくて、整理券をもらうために、開店前からショッピングモールの自動ドアの前に並んだ。

早く来たつもりだったのに、すでに列ができていたから、それだけ聖奈の人気がすごいということなのだろう。

誰かの握手会に行くのは初めてのことだ。

こんなに強く、誰かに会いたいと思ったのも初めてだった。

彼女をテレビを見てから、すっかりファンになっている。

雑誌に載っていれば必ず買うし、朝の番組に出ると聞けば必ず予約録画をして見逃さないようにしていた。

聖奈が宣伝していたリップクリームも買った。

知れば知るほど、「ああ、いいな。この人」と思う。

憧れて、追いかけたくなる。

ここに並んでいる人たちもみんなそうなのだろう。

周りから、「聖奈ちゃんってかわいいよね！」という声が聞こえてきて、心の中で「うんうん」とうなずいた。

できることなら、「その話、ちょっとまぜて！」と声をかけたいくらいだ。

順番がまわってきたら、少しくらい話しかけても大丈夫（だいじょうぶ）だろうか。

それとも、後ろにも人が待っているから、握手したらすぐに退いたほうがいいのだろうか。

初めてのことで勝手がわからなくて、ソワソワと先頭をのぞく。

「私……手が汗（あせ）ばんでる！」

ハッと気づいて、あわてて服でゴシゴシと手をぬぐった。

そのうちに、どんどん順番が近くなる。

前に並んでいた女の子たちは聖奈と握手しながら、「雑誌、買ってます！」とうれしそうに報告していた。

（よし、少しなら話しかけても大丈夫！）

ひそかにガッツポーズを取っていると、「次の方」と声をかけられる。

「はい！」

緊張（きんちょう）したせいで声がはね上がった。

目の前に座った聖奈が、係員の人と話をしながら穏やかにほほえんでいる。

（本物だあああーっ）

テレビで見たまま。顔が小さくて、瞳がぱっちりで、髪も肌もツルツルキラキラ。

全部かわいい。どこからどう見てもかわいい。

（じゃなくて、なにか言わなきゃ。なにか……なにを!?）

あせってしまうとなおさら言葉が出てこなくて、手を出すことも忘れていた。

突っ立っているアリサに、聖奈はニコッとして自分から手を差し出す。

「今日は来てくれて本当にありがとう」

聖奈の言葉にハッとし、アリサはあせって握手した。その手が小さく震える。

「あ、ありがとうございます！」

それだけ言うのが精一杯で、ろくに目も合わせられないまま、急ぎ足でその場を離れた。

（ああっ、もう。そうじゃないでしょ、私!!）

人気のないところまで来ると、アリサは熱を持っている頰を両手ではさんだ。


すごくファンです！

大好きです！

憧れてます！

テレビを見て、聖奈さんの言葉にすごく励まされました！


言いたいことは色々あったのに。

列に並んでいるあいだ、考えていたのに。

「ありがとうございますって、なんなの⁉」

あの日、聖奈の言葉に助けてもらって、うれしくて、感謝を伝えたくて、今日ここにきた。

だから、その言葉で間違っているわけではない。

(ないけど……きっと一つも伝わってないよ)

ポスターの貼られた壁に手をつきながら、ハァとため息をつく。

でも——。
会えた。
聖奈と握手した自分の手に目をやる。

(会えたんだ!)
顔がほころんできて、アリサは手を握(にぎ)りしめた。

まだ、少しもなりたい自分にはなれていない。
うまくいかないことばかりで、自分を取り巻く世界は現状維持(いじ)のまま。
なにかを解決できたわけでも、変えられたわけでもない。弱い自分と戦う毎日。
聖奈のように、自分で見つけた道を、自分の足でしっかり歩くほどの勇気もまだない。
自分がどこに向かえばいいのか、それすら曖昧(あいまい)で、手さぐりのまま。
でも、立ち止まってなんていられない。

(あの人もそうだから。私も進まなきゃ……)

「さあ、行こう！」

アリサはまっすぐ前を向いて歩き出す。

助走始める準備はＯＫ？

ふり向かないで、信じる方へ。

新しい出会いがある——。

◆　◇　♡　◇　◆

「あー、今、着いたとこ。待ってて……」

耳に携帯を押し当てたまま、健は噴水のある広場を通り抜ける。

そしてショッピングモールの自動ドアを目指した。

休日ということもあり、休む間もなくドアは開閉して、客が出入りしている。

「他に約束なんてしてないって。今日は一日一緒にいるよ？」

ショッピングモールから出てきたアリサとすれ違い、健は足を止めた。

瞳を輝かせ、うれしくて仕方ないという顔をして、彼女は広場をかけていく。

そんな姿を見送りながら、ふっと笑みをこぼした。

「いや……なんでもないよ」

電話の相手にそう答えて歩き出す。

すれ違いばかりの毎日にけりをつけたくて、自分から声をかけたのは、高校一年に入ってからだ。

本気になんてならないよ?

だってそうじゃん。

楽しんだ人が勝てる『恋愛(ゲーム)』なんだから。

そう思っていた俺に、君は……。

「きっと、それじゃつまんないよ」

そう、言い放った。

俺の世界のすべてを否定する。

これは、イジワルな出会い——。

Member Comments
HoneyWorks
メンバーコメント!
Gom
Gom
shito
ハートの主張 小説化ありがとうございます!!
子供の頃狭いと思っていた世界は
とても広くて楽しい世界でした。
しと。

ヤマコ
『ハートの主張』小説化
ありがとうございます!!
自分のためにも、友達のためにも
一歩踏み出して変わる勇気をもつ
アリサはとてもかっこいいです…!
そして新しい出会いが…
cake
小説版「ハートの主張」お買い上げありがとう
ございます!!
我慢や後悔の無いよう自己主張出来るように♪
僕も日々心がけております。
目指せ！ストレスフリー☆
cake
逃げ≠負け
ziro
ziro

ろこる
祝 ハートの主張
小説化
モゲラッタ
ハートの主張
祝小説化!!
この曲の小説化
待ってました!!
ハートの主張でアリサの事が
ぐっと好きになりました。
アリサが変わる事が誰かの
あとおしになればいいなぁ〜
モゲラッタ
Support Members
サポートメンバーズ!
主張は、ほどほどに。
oji
Atsuyuk!
自分のハートの主張、
とても大事!
一緒に強くなりましょう!

特別協力／藤谷燈子

「告白予行練習　ハートの主張」の感想をお寄せください。
おたよりのあて先
〒102-8078　東京都千代田区富士見1-8-19
株式会社KADOKAWA　角川ビーンズ文庫編集部気付
「HoneyWorks」・「香坂茉里」先生・「ヤマコ」先生
また、編集部へのご意見ご希望は、同じ住所で「ビーンズ文庫編集部」
までお寄せください。

告白予行練習（こくはくよこうれんしゅう）
ハートの主張（しゅちょう）

原案／HoneyWorks　著／香坂茉里（こうさかまり）

角川ビーンズ文庫　BB501-8　20571

平成29年10月1日　初版発行

発行者―――三坂泰二
発　行―――株式会社KADOKAWA
〒102-8177　東京都千代田区富士見2-13-3
電話 0570-002-301（ナビダイヤル）
印刷所―――旭印刷　製本所―――BBC
装幀者―――micro fish

KADOKAWA　カスタマーサポート
[電話] 0570-002-301（土日祝日を除く10時～17時）
[WEB] http://www.kadokawa.co.jp/（「お問い合わせ」へお進みください）
※製造不良品につきましては上記窓口にて承ります。
※記述・収録内容を超えるご質問にはお答えできない場合があります。
※サポートは日本国内に限らせていただきます。

ISBN978-4-04-106113-8 C0193 定価はカバーに表示してあります。

原案／HoneyWorks
著／藤谷燈子、香坂茉里
イラスト／ヤマコ
告白予行練習
シリーズ
青春系胸キュンボカロ楽曲の名手、
HoneyWorksの代表曲、続々小説化!!
好評既刊
1. 告白予行練習
2. 告白予行練習　ヤキモチの答え
3. 告白予行練習　初恋の絵本
4. 告白予行練習　今好きになる。
5. 告白予行練習　恋色に咲け
6. 告白予行練習　金曜日のおはよう
7. 告白予行練習　ハートの主張
以下続刊
第8巻　告白予行練習　イジワルな出会い
2017年11月1日発売予定！

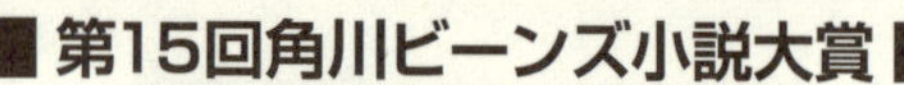
第15回角川ビーンズ小説大賞

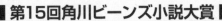

「**俺は目覚めてしまった!**」厨二病をこじらせまくった男子高校生4人組——ヒーローに憧れる野田、超オタクで残念イケメンの高嶋、天使と悪魔のハーフ(?)中村、黒幕気取りの九十九。彼らが繰り広げる、妄想と暴走の厨二病コメディ!

好評既刊 **厨病激発ボーイ ①〜⑤** 以下続刊

●角川ビーンズ文庫●

放課後ヒロイン
プロジェクト！
藤並みなと
イラスト／葉月めぐみ
「少女漫画はファンタジーだ」
超前向き女子×クール(?)な漫画家男子の
胸きゅんコメディ！

一華後宮料理帖
三川みり
イラスト／凪かすみ
食を愛する
皇女の後宮奮闘記!

貢ぎ物として大帝国・崑国へ後宮入りした皇女・理美。他国の姫という理由で後宮の妃嬪たちから嫌がらせを受けるが、持ち前の明るさと料理の腕前で切り抜けていく。しかし突然、皇帝不敬罪で捕らえられてしまい!?

好評発売中　一華後宮料理帖 ①〜⑤

●角川ビーンズ文庫●

恋愛予報
三角
カンケイ
警報・発令中！
西本紘奈
イラスト／たま
"幼なじみ"は"彼女"になれませんか？
西本紘奈×たまが贈る、
恋のトキメキ満開ストーリー!!
恋愛運が天気予報マークで見えちゃうヒカリは、幼なじみの祐生に片思い中。思いきって告白しようとしたら、突然【三角関係警報】が現れた！　さらに祐生と仲のいい転校生が現れ……ヒカリは無事に告白できるの!?

第17回
角川ビーンズ小説大賞
ジュニア部門スタート！
2017年
10月1日から
受付スタート！
18歳までなら
誰でも
応募できるよ！
「恋愛裁判」原案の
「厨病激発ボーイ」原案の
審査員は40mP&れるりり!!
みんなの「スキ」を読んでもらうチャンス！
くわしくは ビーンズ文庫 検索
イラスト／たま、穂嶋 (Kitty creators)、ヤマコ